勵志學堂 57
飛行中途日記
夏嵐◎

~人物介紹~

湘湘

　　藝寶的姊姊，早藝寶三分鐘出生。雖然幼年喪母，但個性樂觀又獨立。個性敏銳溫柔，一直心疼爸爸為了照顧孩子與一票貓狗，幾乎沒有自己的私生活，忙起來連睡覺都是奢侈。湘湘在學校上進用功，對動物也很有同理心，會將心事藏得很深很深。

阿健

　　充滿正義感但個性單純的阿健，是親友眼中的笨蛋，花了好幾萬元為街上撿來的狗訂做專屬輪椅，還收編流浪貓幫牠們找認養人。深愛著已故老婆的阿健，個性遲鈍不擅表達，每天只忙著擺攤、顧果園，打零工賺錢養孩子。

琥珀

與阿健一同擺攤的街邊餐車好夥伴，賣的是冰品飲料，自從塑化劑事件之後就回歸有機產品，雖然比阿健年長三歲，但對阿健有著愛慕之心，酷帥的外表下有著溫暖體貼的個性，也經常伸出援手照顧兄妹倆。

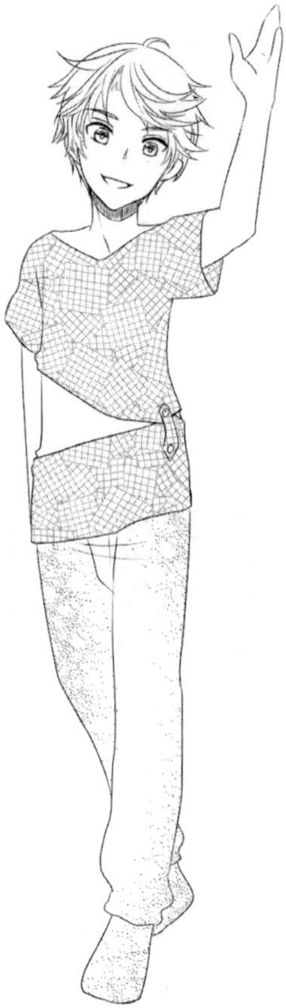

藝寶

本名藝智的藝寶是阿健的十四歲兒子，也是湘湘的異卵雙胞胎弟弟，兩人眉宇間有些相似，但鬼靈精怪的藝寶比姐姐調皮搗蛋，身高也比姐姐高一個頭，小小年紀充滿勇氣，做起事很有魄力，也是班上的人氣王。

飛行中途日記

一、那一年的聖誕節

廣大的金色天空下，一輛藍色小貨車穿越了林野。

這台貨車圓圓胖胖的，是俗稱「胖卡」的行動餐車。如果民眾住在市中心的北區國小附近，或許曾見過它停靠在公園邊，客人大排長龍的模樣吧。

穿過快速道路之後，轉進山谷上的農場。漫天展開的綠意，是腹地約有八十公頃的果園，全都由餐車的主人阿健所看管。

「真高興，今天因應聖誕節，手中披薩都賣光光了，能提早下班真好！」阿健擁有黝黑肌膚與修長的身材，笑起來一口白牙十分明亮，他本人也是少根筋的慢熟男子，才會高興起來就自言自語。

「還好有二伯借給我們房子與這片果園，讓壯年失業的我有了工作……」回想起去年此時，一場大火讓他痛失愛妻，而臨時外出的阿健是聽到忠犬的吠聲，才趕回家及時救出兩個雙胞胎孩子。

思緒才正要回到當年，就被一陣熱情的吠聲中斷。

「嗚汪！汪汪汪！」果園草叢處躍出一隻虎斑大狗，正興奮地叫著。狗兒不是警戒地叫個沒完，而是開心地打招呼。牠奔跑時，後腿掛在特製的綠色輪椅上，大輪胎的特殊設計，讓狗兒能穩穩地在山野小徑中前進。

「金星！你又躲在這裡等我了嗎？」阿健瞇眼笑著緩下車速。「好！爸爸

一、那一年的聖誕節

知道了！來，一起回家吧！」

阿健下車抱起金星，讓牠鑽上駕駛座。雖然這隻混血大狗有二十多公斤，但對於每天處理大量食材、農忙時還要搬果子裝箱的阿健而言，並不算什麼。

小貨車緩緩駛向高地的一處別墅。雖然是老舊的三層樓透天改建而成，但裡頭應有盡有，對於一家三口……不，六口而言，也已經足夠了。

「啾啾啾！」

「喵嗚——」

一隻灰色的斑鳩與兩隻花貓分別從門旁書架上起身，居高臨下的視線早已看到阿健的貨車。

「三平、仙草蜜，我回來了。」阿健親熱地打招呼，母貓們立刻舉起尾巴湊到他腳邊磨蹭。

雖然外表只是極度普通的三花貓與玳瑁貓，卻是阿健的掌上明珠。他半年前，才將奄奄一息的牠們從街邊撿回來。

但阿健始終認為自己早出晚歸，已經快沒時間陪孩子，應該把這些貓兒給更適合的家庭認養……只是，在網路上貼了幾個月的認養文，貓咪都乏人問津。

「好了，爸爸還要先去忙，五分鐘後再回來餵你們吃飯。」阿健將餐車上

的廚具與用品都卸到廚房後門，打算晚點進行清潔。

只是，人都到家幾分鐘了，整個一樓都只點著小燈，也不見孩子們出來迎接，阿健不禁擔心起來。

「藝寶？湘湘？你們在哪裡？這時間應該已經回家了吧？」阿健正要上二樓查看，一樓浴室忽然衝出一團影子。

「聖誕快樂！」兩個孩子這才露出笑顏跳到阿健面前。湘湘手中捧著一個六吋的雪人小蛋糕。

「唉呀！」阿健噗哧一笑。「我都知道今天是聖誕節了，還玩什麼驚喜呀！又不是生日！」

「掃興欸！難得我們幫你慶祝！」直性子的湘湘生氣了。綁著馬尾、穿著米色針織外套的她，收起原本期待的笑容。

「慘了，姐姐的憤怒警報正式啟動。因為爸爸老是怕我們破費，這蛋糕是姐姐在家政課特地請老師教她做的，還一路小心翼翼護送回家喔。」藝寶用看好戲的神情，邊解說邊瞧向阿健。

望著女兒扁嘴的模樣，阿健連忙安撫。「好好，乖女兒，謝謝妳這麼用心……」

一、那一年的聖誕節

「來不及了啦！」湘湘無奈地將手一揮，藝寶則默契十足地接下蛋糕。

對蛋糕沒興趣的兩隻貓兒，跳回書架上的小布窩。大狗金星則猛搖尾巴，拖著輪椅轉圈，希望主人分牠一口。

湘湘心疼地摸摸牠的頭。「金星乖，你不能吃奶油，等等姊姊餵你吃蛋糕體。」

「狗求妳就沒關係，爸爸道歉了卻不理，唉——真是……」阿健無奈地攤手。但能這麼吵吵鬧鬧地與家人過聖誕，他心底不知道有多滿足呢！

藝寶開了客廳的溫暖鵝黃燈，一時間，光線映照出客廳的淺色仿木磁磚、米色地毯與草綠布沙發。小而溫馨的家居空間，是這一年間全家人共同維持打造出來的。

剛搬到這裡時，還是家徒四壁，剛歷經喪母之痛、家被燒毀的不堪回憶，兩孩一狗甚至連像樣的行李都沒有，還是阿健平常人面廣、許多親戚朋友都捐出家中的家具與家電，才讓一家子能勉強落腳。

此刻，吃著阿健外帶回家的簡單餐點與蛋糕，一家人窩在沙發上看電視，明明是如此幸福的場景，卻讓阿健想起自己衝進火海的那一天。

「我老婆……我老婆還在房子裡面！」他才把背上滿臉煙灰的孩子放下，

就對著消防隊員哀求道：「拜託……請你們現在馬上進去找她！」

「抱歉，我們要等火勢控制住才能派弟兄進去。不然我會犧牲我的手下。」隊長親口對泣不成聲的阿健道歉。但他已經六神無主，原本轉身想靠自己再衝入火場，卻被里長和鄰居拉住，一群人只能抱頭痛哭。

「孩子重要！快陪孩子去醫院吧！」里長將阿健送上載著藝寶與湘湘的救護車，癱瘓的金星也拖著輪椅一路哭叫追車，最後才由消防隊員暫時安置。

救護車上的藝寶與湘湘雙眼緊閉，因嗆傷而生命垂危，所幸上帝另給了阿健仁慈的計畫，死神沒有再帶走他更多家人。

「爸爸！蛋糕剩下最後一塊囉！」湘湘搖了搖阿健的手臂，他這才回過神來。

阿健舉起果汁杯，真切地望著孩子們的眼睛，又指了指天上。「在這個聖誕節，我們要感謝上帝，讓爸爸這一年來有工作，顧果園、作餐車生意，養大你們一定不成問題。還要謝謝二伯租給我們這個房子，讓我們有一個溫暖的家。這一定也是媽媽在天國看照著我們，一切才會如此順利……謝謝上帝。」

兒女們也喃喃祈禱道：「謝謝上帝……唉，真的很想媽媽。」一提到媽媽，堅強的湘湘還是紅了眼眶。

一、那一年的聖誕節

「別難過了，媽媽都活在我們心裡，現在也在天上看顧我們。」藝寶臉上沒有一貫的俏皮，語氣卻真誠而不失輕鬆，彷彿打從心底深信這句話。湘湘總能輕易被他的能量所感染。

每次越去回想那個晚上，就感覺炙熱的火焰仍貼在自己的頸背，好似在嘶吼威脅著要帶走她的生命。

湘湘不喜歡這種回憶，也知道爸爸和弟弟不肯多談的原因。不過，人啊，偶爾還是會回首一下過去，深怕此刻的幸福不真實。

阿健摟了摟湘湘，又故意把蛋糕奶油抹到她鼻子上，父女打鬧起來，把負面情緒甩到腦後。

忽然像想到了什麼，藝寶打開全家共用的筆電。「爸爸，你的『披薩快熱』要不要創一個粉絲專頁？我看很多餐車老闆都有創立，這樣大家才知道餐車今天營業時間、駕駛與駐點路線啊！否則連請個病假都不好意思，你身體會累出病的。」

「聖誕節不好好許願，還烏鴉嘴說爸爸要請病假！」阿健知道兒子的貼心，故意打趣道：「好啦！那你們要幫我管理喔！不然爸爸這麼少上臉書的人……」

大火之後，因為不喜歡大家過度關心，阿健只在過年過節發與兒子女兒自然相處吃喝的無修飾照片，不再打上任何文字。每天忙著討生活已經足夠，不需要給自己添加太多無謂的壓力。

「可是人家的粉絲專頁都有很可愛的ＬＯＧＯ，爸爸都沒有，連張像樣一點的餐車照片也沒有。」湘湘對著打鍵盤的藝寶提醒道。

「有啊，」阿健拿出前陣子買的二手國產智慧型手機，秀給兒女們看。「只不過是手機拍的。這張應該可以吧？」

「不能隨便拍拍啦！」兒女倆異口同聲，身為雙胞胎的他們，總是特別有默契。阿健搔了搔頭，畢竟兒子、女兒都只能使用無上網功能的「智障型」手機，相機畫素也很低。

藝寶一時煩躁，就把粉絲團網頁關了。「那就先不更新吧，等以後有好一點的相機再說！」

「相機以前我們有啊！」話才出口，阿健又後悔了。相機以前家中就有兩台，但也早在那場大火中燒毀了。雖然努力想跳脫那場大火的陰影，但一不小心還是讓孩子們臉色一沉。

「爸爸……不能再買一台嗎？」藝寶小心翼翼地問。湘湘則使了個責備的眼色給他。

一、那一年的聖誕節

說真的，為了創業搞餐車生意，爸爸現在還在貸款，家中的收支只能勉強打平，消費型相機動輒五千以上，是一筆大錢，就算趕在這一兩年存完國高中學費，兩個孩子上大學後可能也得邊背學貸邊打工。每次談到錢關，湘湘總希望自己能慢一點長大。

她嚴厲地說：「藝寶，不是我說你，你每次都很愛對家裡的一切嫌東嫌西，又老吵著要買東西，一下看二伯留下的微波爐不順眼，一下又嫌阿姨送我們的電扇吵，或許你是無心的，但每次討論的結果都是要爸爸『再買一台』，明明就是你自己想用而已不是嗎？你可以等高中之後自己打工買啊！」

「欸，」藝寶翻了翻白眼。「家電還不是大家用，若真的爭取到新的，妳也是受惠者啊！幹嘛一副自命清高的模樣呀！」

「嗚嗚嗚……」輪椅上的金星搖搖頭，低聲哭著，每當聽到小主人吵架，牠就會用雙爪摀著自己立起來的小耳朵。

「好啦，別吵囉，你們看，金星又看不下去了。」阿健呵呵苦笑。「都是爸爸不認分管理果園，堅持下午要去擺攤賺錢，還因為餐車生意讓家裡揹貸款，不然我們的確可以維持現在的生活，只是，為了提前存到你們高中的學費，我認為這筆投資的確有必要……」

「爸，沒關係的，這些你當初就跟我們討論過，不是你的問題。」湘湘安撫地對爸爸一笑，隨後瞪向藝寶。「是因為有人不知足，稍微缺了什麼就嚷著買買買……」

「對對對，妳是不食人間煙火的仙女，我就是貪財的庸俗人！」藝寶生氣歸生氣，但說完氣話才五分鐘就將注意力轉回電視機上，邊看邊笑，彷彿方才的對話沒發生過。

反倒是湘湘還悶在心底，偷偷瞪了弟弟好幾眼。

看著孩子們的互動，阿健很心疼。自從大火後，兩個孩子雖然不用負擔家計，但這一年心頭的苦卻沒少吃。為了接下二伯提供的工作機會，從大都市搬到這個天天要除蟲防潮的鄉下地方，門口看見蜥蜴、青蛙的比例也不少，湘湘總是努力調適，但孩子們正值青春期，班上同學常常帶著最新的３Ｃ產品在身上，少了這種「必備品」，也感覺挺輸人的。阿健一直默默想著，要不要花點小錢選個中低階價位的手機給孩子，但有兩個孩子，手機就得買兩支，開銷又會增加一倍……。

腦中的計算機打個不停，湘湘注意到爸爸的為難，搖搖他的手，就起身去洗碗盤了。

一、那一年的聖誕節

「其實，家裡要買的東西還真的很多，先一樣一樣來吧……」阿健在沙發上伸伸懶腰。

「從明天開始，好好想想該怎麼快速回本就是了！即使累一點，我也在所不辭！」

彷彿是感受到他的鬥志，金星與兩隻貓兒都舉起尾巴表示反應，斑鳩也飛到沙發扶手上，啾啾地叫了幾聲。

「唉……爸爸。」廚房的湘湘望著父親，有些心疼，其實她心底還有個祕密一直瞞著，怕說了，爸爸只會更困擾。

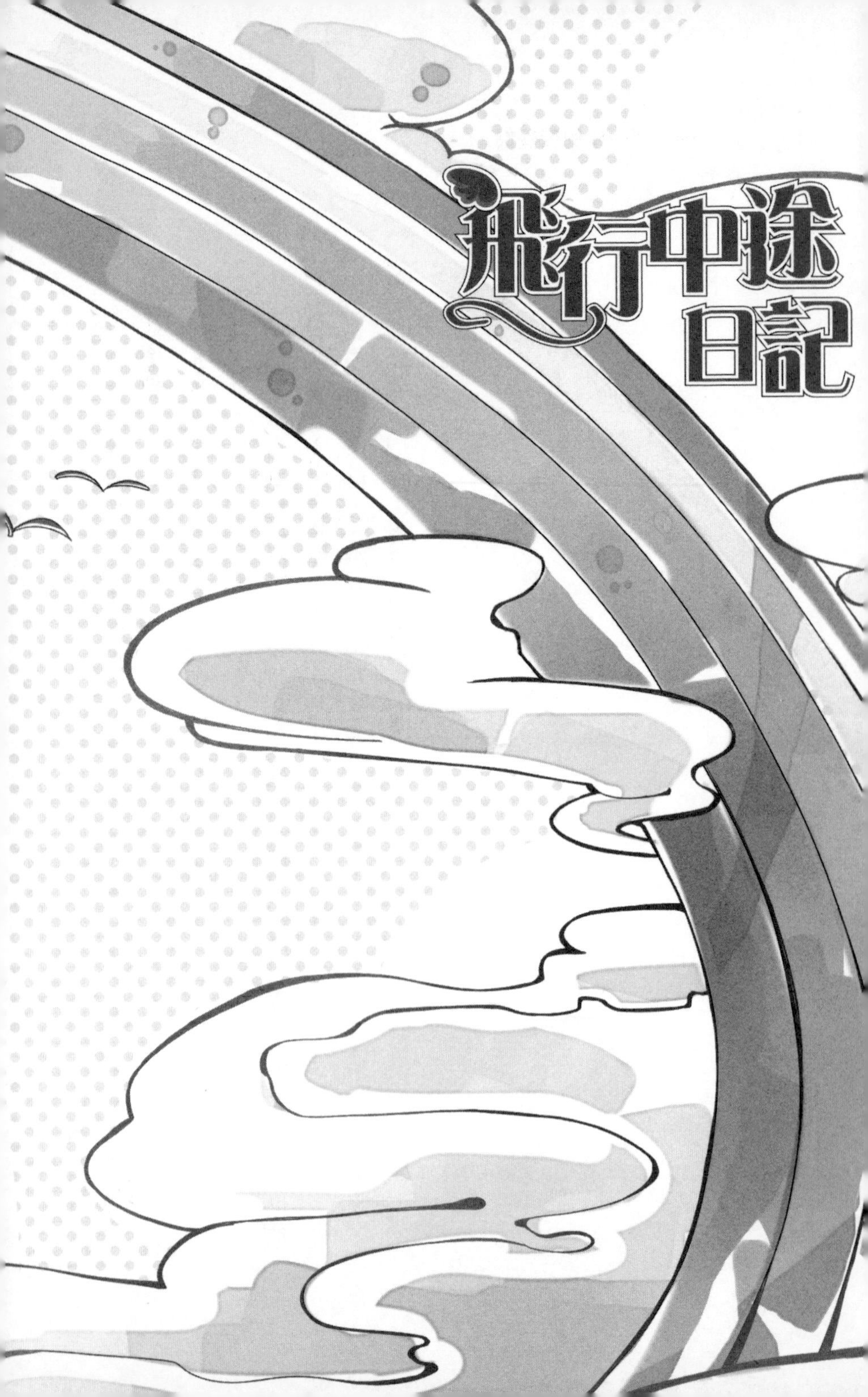
飛行中途日記

二、採購清單

剛過了新年，又準備迎接農曆年，果園中的蓮霧樹正值蓄勢待發、等待春夏結果。在稍嫌冷冽的冬意中，阿健一大早就與兩位打工的鄰居朋友一起套上雨鞋與防風外套，出去一一檢查果樹的狀況。

「聽說這種改良的冬天蓮霧，現在也滿好賺的。」一身深紅外套的阿銀嫂率先說：「可惜你哥死腦筋，還是堅持養這片老實的蓮霧園，都要等到夏天才盛產。」

「這樣才好啊！現在也有人不喜歡吃改良蓮霧！」提著水桶的亞麗姨說：「蓮霧這種透心涼的水果，就是要夏天吃才消暑，冬天吃了手腳會冷冰冰啊！」

「妳真是死腦筋！」阿銀嫂說完，亞麗姨也不甘示弱。

雖然兩位六十歲的鄰居情同姊妹，但每天仍會為了小事鬥嘴。

「好啦，兩位美女，工作要和和氣氣啊！」阿健擦了擦汗，總覺得今早偏頭痛特別嚴重，不曉得是最近太操勞，還是這股寒流比較帶勁。

「阿健，年輕人還這麼沒力！你已經落後好多了喔！」阿銀嫂嘴裡不饒人，只有亞麗姨注意到阿健始終低垂著頭，雙腳無力的模樣。

「沒事吧？要不要休息一下？你一定是最近太累了，早起工作會讓頭暈症狀特別明顯喔！」亞麗姨用手示意前頭的阿銀嫂等一下。

二、採購清單

最近阿健的確晚上都忙到通霄，邊用筆電查詢世界各國披薩的口味，還常試做到深夜，忠犬金星總是邊聞著午夜濃濃的披薩味邊趴在廚房門口等他。

「因為我最近在研發一些用料比較高級的披薩，現在的消費者越來越捨得花錢吃健康的好東西，所以只想著壓低成本是不行的，必須供給好產品才是王道啊！」阿健即使頭暈腦脹地蹲坐在樹下，仍滿口生意經。

「真是的，沒有老婆在的男人就是這樣，真不會照顧自己！」阿銀嫂碎碎念著，一旁的亞麗姨仍狠狠瞪了她一眼。

阿健聽到有人談到亡妻，心底自然委屈。的確，每次遇到困難，身心俱疲時，阿健總會想起老婆的笑臉。老婆生前是個幹練溫柔的人，在大小事上幫了阿健許多，也會烹飪營養均衡的三餐，不像自己現在大多只能給孩子買便當，一天能親手煮上一餐就不錯了……

如果老婆還在世，根本就不需要這麼辛苦了。灰暗的想法打擊了阿健，他揉著頭，倚靠蓮霧樹嘆息。

亞麗姨用責備的眼神望著阿銀嫂，就在此時，阿健隨意垂下的視線，發現果園樹根處的土壤有了異狀。

「咦？這藍藍的顆粒是……」

「這不是『生利效』嗎？是專門用在溫帶水果的農藥……這不能施作在蓮霧樹上啊！反而還會害死蓮霧！」阿銀嫂驚叫起來，眾人圍著樹根處的詭異農藥，面面相覷。

「這種事，絕對不是懂蓮霧的人做得出來的……」亞麗姨用銳利的眼神環視著果林深處。「會不會是有人故意來下毒？」

「天啊，真是太過分了……我們也沒跟那群種冬季品種蓮霧的農夫競爭，是誰會做這麼惡毒的事情？」阿健搖搖頭，不敢相信人心竟是這麼險惡。

「這樣下去不行，我們應該嚴加巡邏。」亞麗姨出著主意。「可惜果園無法裝監視器……要拉電線很麻煩，而且，不肖分子萬一破壞監視器，我們修也不是，不修也不是……」

「監視器也要一筆費用，我恐怕不行。」阿健感到十分無奈。就算加強巡邏，萬一隻身遇到宵小，難保亞麗姨、阿銀嫂兩個女人家不會有危險。

「我再想想辦法吧！晚點餐車還要備料，我們先把早上的工作分頭完成吧。」阿健勉強撐起身子，原地解散。

雖然自己算是農業新手，但在這一年多也跟兩位阿姨輩的朋友學到不少東西，阿健只是沒想到，連經營個果園都這麼危機四伏。他們只能先說好，若有看

到農藥痕跡就一律用掃把與畚箕清除，以免蓮霧遭受到更多危害。

「嗚汪！」金星搖著尾巴、拖著輪椅趕到樹下，去提醒阿健回去吃午飯、準備備料，下午還要開餐車去擺攤呢！

「乖孩子，還好你沒吃到農藥……瞧你平常機警，大概放農藥的人也是昨晚深夜偷偷來的，你才會沒發現。」

去年剛經營果園時，金星都會拉著輪椅在林間穿梭，奮勇把夏日猴群給吠走，幫阿健許多忙。然而這回，一隻輪椅狗又怎麼對抗偷撒毒的宵小呢？阿健摸著金星的大頭，心底的不安如烏雲般迅速累積。

「最近一定要小心門戶喔，爸爸不能再失去你們了……」望著金星燦爛的吐舌微笑表情，阿健邊走回房內，也不敢讓金星離開自己的視線。

「金星，快進來啊！現在起，不要再隨便離開房子了，果園可能有壞人喔！」

金星疑惑地歪著頭，似乎不明白阿健的意思，一到放飯時間，牠總是開心地舉起前腳跳著。

「好了，馬上吃午餐了喔！等爸爸準備完食材，就要開餐車去上班啦！」

說到上班，阿健心底總算有了點活力。

那是因為……他有位總是能給他力量的好同事。

兩台胖卡餐車並肩停靠，粉藍胖卡賣的是手工披薩，另一台有著黑色烤漆的胖卡模樣較為帥氣，ＬＯＧＯ寫著「琥珀乎乾啦」。

如此海派的標題下，賣的是有機飲品。夏日以清涼的各式果汁、綠豆湯、豆花為主；冬天賣紅豆湯、燒仙草、蕃茄濃湯、可可；而奶茶、美式咖啡、拿鐵則是一年四季都有供應。

旁邊的海報還用豪邁的字體寫著「純天然品，我若毒你，歡迎檢舉。」

「來喔，咖啡來自公平貿易機構，茶是使用獨立小農台灣有機茶喔！」琥珀總是不厭其煩地邊用大聲公喊話，對路過的人潮宣揚自己的理念。雖然說話聲音熱情帥氣，臉上卻始終掛著甜美的微笑。眼線妝加上一頭棕色短髮，像極了時髦的韓星。

一群剛準備去補習的國中生神采奕奕地用韓國女子團體的暱稱，跟琥珀打

二、採購清單

招呼。「歐妮——我要一個大杯熱拿鐵、一個玉米濃湯。」

「玉米濃湯因為玉米找不到安心的原料，目前只有蕃茄濃湯，可以嗎?蕃茄是來自宜蘭的大蕃茄。」琥珀俐落地動手從鍋具中取湯。

「自備環保杯折抵五元喔!容量我都會秤過。」

望著琥珀俐落的身手，阿健也在一旁的披薩餐車旁高聲拉客。

「來喔，買琥珀的飲料配上我的披薩，你們補習才不用挨餓，不用排落落長的便當!哈囉，妳們要什麼?」

兩個女高中生主動靠近阿健準備點餐，他也俐落地取菜裝盤。

還記得半年前阿健喊得聲嘶力竭，話聲中藏著怯弱，第一個月生意就一落千丈，直到琥珀也加入了同個街角擺攤，花不少時間將阿健訓練得胸有成竹，客人才漸漸上門。

對街上還有水煎包餐車、可麗餅攤販、三明治餐車的擺攤，也讓阿健每天在閒聊間交到不少好朋友。

「可惜今天鮪魚和嘉文感冒不能來。這次寒流很強，只剩我們還屹立不搖了。」琥珀爽朗的語氣，讓阿健反而心虛起來。

「別說了，我最近總覺得體力在邊緣徘徊，睡眠不足，頭也暈暈的，今天早上還在果園坐了好一下才走得動呢……」

「怎麼會這樣呀！」琥珀瞪大美麗的細長眼睛。

此時餐車的客潮隨著紅綠燈一波波地散去，所以有了暫時的空閒時間，琥珀站到阿健身邊關切地聊著。

因為琥珀為人正直又熱心，阿健也當然就把果樹被下毒的事情告訴她了。

「總之……就是這樣了。白天都要放一鳥一狗二貓在家裡，我已經小心門戶，但果園是誰都可以進來的，也不能多密集地裝監視器。」

「以前我阿叔會放養許多大黑狗在他的果園，只要看到陌生的車子，大黑狗都會追車吠人，別說猴群了，一般小偷也不敢來呢。」

「但……」阿健不好意思地回絕琥珀的點子。

「黑狗終究是防君子不防小人，如果真遇到壞人毒狗，那身為飼主的我會很痛心啊！我也捨不得狗兒平常睡在外頭忍受日曬雨淋，買機器照顧還比較放心。」

琥珀不是那種被駁回意見就鬧心眼的女性，反而是更認真地幫阿健想法子。

「啊……我知道了！」琥珀親熱地將自己的手機秀到阿健眼前，按了幾下觸控鍵。

二、採購清單

「你知道空拍飛行器嗎？」

「空……什麼？」阿健一頭霧水，直到手機視窗出現了飛在空中的攝影機，他才恍然大悟。

「這個……不是很多好萊塢電影的導演用攝影無人機嗎？」

「也可以叫這個名字沒錯。輕型的飛行器聲音很小聲，你只要在家門口遠端遙控，就可以在果園飛透透，若來不及抓到宵小，至少也能拍下影像當作證據。」

「哇，怎麼這麼好啊！我真是落伍了。」阿健興奮地接過琥珀的手機，興奮地滑著飛行器的購物網頁。

直到看到價格，阿健才從雲端掉回地獄。

「琥珀……不好意思，這種價格我負擔不起，我兒子、女兒那天才叫我買個五千元的消費型相機，說要給我經營粉絲專頁用……但我都已經告訴他們，爸爸暫時沒辦法。」在如此有魅力的女性朋友面前坦承自己的經濟困境，阿健的羞恥感只比脫褲子好一些而已。

「沒關係，我幫你問問。」沒想到，琥珀的表情仍明媚爽朗。

「我前兩天才在臉書看到，我有個學姐專門出租器材給學生製片團體，最近有台空拍飛行器要淘汰了，只要你願意付修繕的費用，那台飛行器就歸你了。」

「真的嗎？」阿健不敢相信。「那修繕的費用……大概多少呢？」

「也許七、八千吧？學姐因為最近比較少接到案子，所以打算全出清了。」琥珀眨了眨眼。

「如果這價格還是太貴，你要不要去問問附近果園的其他管理者，大家一起花錢合買？這台飛行器只要裝了夜視鏡頭，晚上也能拍得很清晰喔。啊！請問你要什麼？」

眼看客人上門，琥珀將問題丟回給阿健慢慢思考，自己則先回餐車旁工作。

「最近要買的東西真是越來越多……但果園是二哥的，如果不好好顧著，不僅苦了果樹與吃到問題蓮霧的消費者，對土地也是一種傷害啊。」阿健抱著疑問回家，打開筆電做了許多空拍飛行器的功課。

孩子們下課回家，看到阿健竟然在看這種高科技產品的網頁，也紛紛好奇地圍了過來。

「哇，好像做夢一樣，我們家竟然要買這麼酷炫的東西啊！」藝寶可樂了，纏住阿健不放。

只有湘湘老成地從阿健的眼神中，讀出一絲經濟上的不確定。「爸爸……

二、採購清單

可是我們有錢嗎？真的得買這麼貴的東西呀？」

「琥珀阿姨是建議我找附近的果園一起合買。」

「萬萬不可！」湘湘防備地望向窗外，壓低聲音。「搞不好就是對手的果園故意來害我們，你這樣不是白忙一場嗎？而且，我覺得除了空拍飛行器之外，還是要安裝兩、三台監視器。」

「照妳這樣說，成本就更高了欸。」藝寶在一旁不屑地做出挖鼻孔的模樣，想故意惹姐姐生氣。

「爸，還是別貿然決定，先跟二伯商量，搞不好二伯有其他法子，畢竟他經營果園的經驗比你豐富很多，還是主動跟他商量，這比你暗自煩惱有效率。」湘湘眼神清亮地提醒道。

阿健的二哥，也是孩子們口中的「二伯」，是個很少見面卻十分可靠的人，也是這片果園的產權擁有者。

接下來，湘湘還老氣橫秋地拍了拍阿健的肩。「還有，你最近真的太晚睡了，這樣別說果園了，做出來的披薩也會不美味喔！一定要早點休息！」

「是是是……因為爸爸在研發新口味，才會每天都兩、三點了還在廚房弄刀動灶，吵到你們很抱歉。」

「不用抱歉，早睡就是了。」湘湘再度強調道。

藝寶斜眼瞧著她，虧道：「妳很兇欸。」

「要你管！」

姐弟鬥嘴完，阿健就打了電話給二哥。不料，二哥提出可以「同時使用監視器與空拍器」的雙重作法。

二哥答：「通常要來搞鬼的人，都不敢走到果園深處，所以只要在可能的出口路徑各裝一、兩台監視器，應該是抓得到。對方可能知道阿健下午過後就會開餐車出去，所以會趁著太陽還沒下山時來搞鬼。這時就交給空拍器處理就好，我會請亞麗姨和阿銀嬸也學習怎麼使用空拍器。」

「哇，果真是湘湘周到！二伯願意幫我出一半空拍器的費用，因為他平常已經有算我顧果園的薪水、還減半我們的房租，空拍器這又是我自己要求的，他能幫我出一半已經很好了。」

看著阿健如釋重負的模樣，湘湘反倒眉頭深鎖，只有藝寶跟著爸爸開心。

「那我最快什麼時候可以看到空拍器啊？」

「白痴！只想玩！」湘湘罵了藝寶之後就上樓了。

「你姐姐最近在學校還好嗎？怎麼罵你的頻率變高了？」阿健望向一臉無

辜的藝寶。

「雖然，你本來就很討罵……」

「喂！怎麼這樣啊？」藝寶聳聳肩。「不知道，姐姐跟我又不同班，成績也還可以，不知道她在不爽什麼。」

「可能是爸爸太沒用了吧。每次都為了小事讓你們操煩。」阿健無奈地嘆了口氣，又連忙起身拍了拍手。

「現在不是抱怨的時候，我要趕快來研究新菜單，最慢後天就要上市了！」

飛行中途
日記

三、這種寵物誰要養

阿健今天特別緊張，畢竟是新口味披薩上市首日，所有新口味都照琥珀的建議打了六折，為的就是快速衝口碑、薄利多銷，而琥珀也早就將阿健披薩餐車的模樣拍照，讓藝寶貼到粉絲專頁。雖然目前只有兩百多個讚，但每天按讚人數卻都有增加，新口味的折扣訊息也一下子就被分享傳開了。

「那不勒斯口味，剩最後五片囉！」阿健故意重複著這句話，把實際上還剩下的最後十片那不勒斯火速銷出。

「呼，好累啊！新口味都賣得差不多了！」阿健伸著懶腰。

「來，笑一個，今晚傳去粉絲專頁，請大家明天要更早來買！」一旁的琥珀拿出手機，阿健有些慌亂地擠出疲倦的笑容。

「抱歉……可以再重拍一張嗎？我很不專業吧？」

「沒關係，阿健就是這種彆扭憨厚的模樣才可愛啊！」琥珀輕盈的稱讚，讓阿健尷尬得紅了耳根，卻也有些開心。

「唉呀，別放在心上，」琥珀豪氣地往阿健肩上一拍。「我是說……現代人看多了光鮮亮麗的大明星，反而喜歡你、我這種腳踏實地的素人，我那天還接到美食節目的電話，說要來採訪我們呢！」

「哇！真的嗎？」阿健覺得辛苦都沒白費，非常開心。「什麼時候來採訪

呢？那天我得穿帥一點才行啊！」

「哈哈哈，瞧你期待的！記者都很忙，說是會再約時間，我一有消息會馬上通知你！對了，明天你訂的空拍飛行器就會送到囉！我那個拍紀錄片的學姐剛好要來這裡洽談，直接跟你面交。」

「好的好的！」阿健用力點頭，臉上泛起興奮的孩子氣笑容。雖然年過三五，但笑起來仍頗有可愛憨厚的感覺，或許也是他之所以能誤打誤撞走上服務業的原因吧！

才準備要收攤，眼前過馬路的人群中，突然有個犀利的眼神如燈塔般掃視過來……

「咦？」阿健揉著眼睛，對方十分面熟，明明該是到了慈藹年紀的女性長輩，表情卻很嚴厲。

但這份嚴厲，卻是出於關懷且讓人熟悉不已的那張臉孔……

「媽？妳怎麼來了！」阿健仍像被小時候被媽媽突擊檢查的小學生一樣，在同學面前十分彆扭，還偷偷瞧著琥珀的反應。

「原來是阿健的媽媽，伯母您好！」

「天都快黑了，你還沒收工喔？」健媽直接於親切伸出手的琥珀，用指責

的語氣念著阿健。「真憨慢，做生意還這麼慢吞吞的。」

「媽，我本來就是做下午茶和晚餐生意，除非身體不舒服或者備料太少，一般都是七點左右才回家的。」阿健無奈地解說著，正想好好替媽媽介紹琥珀時，健媽已經轉過頭，打量起她來。

「妳就是我兒子的同事嗎？」健媽瞄著琥珀的短裙。「常聽到他講妳。不過，握手是長輩伸出手才能握，晚輩主動是很不禮貌的。」

「喔……不好意思。」

「媽！不要這樣啦……」阿健不知道媽媽忽然查勤到底有何貴幹，但他知道準沒好事。從小，他成績最差，又沒兩位哥哥會經營生意，畢業後做著作業員工作，火災後生活劇變，也從公司離職。媽媽擔心他的狀況，才請二哥幫忙給阿健一個工作。

每次被媽媽看不起，阿健總有種想一走了之、拒絕果園工作的衝動，但矛盾的是，他又想做出一番成績，證明給媽媽看。

「媽，妳看，我今天備的料差不多都賣完了，新產品也賣得很好。」阿健順手向媽媽介紹著自己的成果，琥珀擔心增加母子衝突，一時攤位又來了客人，便禮貌笑著轉身離開。

三、這種寵物誰要養

健媽依舊以嚴苛的眼光，望著阿健的餐車料理台。

「你看，這裡弄得這麼油，人家一看就噁心，怎麼會想買。」

「切披薩的料理檯，本來就會油啊！」阿健想起以前的心得，決定暫不與媽媽爭辯，否則就算爭贏了，媽媽還是會說他不孝。

「上次到你家作客，家裏亂得比狗窩還不如，今天去看完你二伯新裝潢的房子，想說反正也在附近，就來看看你。」健媽終於說出來意，但阿健心頭卻一冷。

「嗯……今天房子沒特別整理，大概跟妳上次看到的差不多喔。」

「所以，你要回家了沒？我肚子餓了。」健媽率先坐上餐車的副駕駛座。

「媽，那先吃片披薩吧？」

「我容易胃痛，不吃洋人食物的，起司奶油都加這麼多，膽固醇太高。」

健媽拿出智慧型手機邊緩緩滑著，邊等待阿健收拾。

「抱歉，明天再跟妳學姐聯絡，我得先走了。」阿健對琥珀道歉，她爽朗地舉起手表示知道了。

匆匆上了貨車，阿健緩緩發動餐車引擎，往郊區前進。

健媽在狹窄的副駕駛座上探頭探腦。「這車上怎麼有股臭味啊？」

「那是起司的味道呀！我每天都會用小蘇打粉清洗後艙，去除味道。」雖試著不要把母親的批判聽進心底，但阿健實在不喜歡這種「被查勤」的感覺。

車子還沒到家門口，耳尖的金星就拖著輪椅，在前門圍欄裡興奮地叫了兩聲。

「嗚……汪！汪！」像在抱怨主人今天怎麼離開這麼久，金星的吠叫也讓兩個孩子下樓，點亮客廳的燈。

「哎唷……這隻流浪狗還在喔？」健媽一面躲避激動的金星，一面往後退。「還給牠裝這種輪椅……當初訂做一台不是好幾萬嗎？你要是少救一點動物，孩子也可以過比較好的生活吧？唉，人難道不如狗嗎？」

每次看到金星，健媽總忍不住數落，甚至說收養這隻癱瘓狗，才會為家裡帶來霉運。

「奶奶來了！」兩個孩子仍禮貌地笑著跟健媽打招呼，健媽也總算暫時停止了抱怨。

「我的兩個小孫子，可憐瘦成這樣……來，奶奶給你們零用錢吧！」

「哇……」藝寶雖喜上眉梢，仍不忘看看爸爸的眼色，湘湘則是將手背到身後，做出自然客套的表情拒絕。

三、這種寵物誰要養

只見健媽一口氣就拿出幾張千元鈔票，阿健連忙擋下。「媽，孩子們每個月有零用錢了，他們現在也用不到什麼錢啊。」

「你怎麼當爸爸的呀？難道不知道國中生壓力很大，假日都需要買點好東西嗎？拿去買耳機或新鞋子該多好？」健媽表情十足嚴肅，轉向藝寶與湘湘。

「是不是？你們同學一定都用得比你們好吧？」

「媽！」阿健是真的生氣了，若媽媽是批評他自己，還可以忍受，沒想到這次竟然說孩子的行頭不如人，不用說他聽了不舒服，孩子們雖表面上不敢忤逆，尷尬無奈的表情倒是全寫在臉上了。

「奶奶，沒關係，我們用爸爸的錢已經很夠了。」湘湘率先微笑，藝寶則眼巴巴望著鈔票，一臉可憐兮兮的模樣。

「哎唷，失禮的孩子，何必分奶奶的錢還是爸爸的錢，難道你爸爸的錢就是心意，我的就不是嗎？收下啦！」健媽硬把鈔票塞到湘湘手裡，藝寶也終於按捺不住，滿臉笑容地接下。

「謝謝奶奶……」

「唉，妳這樣亂給錢真的很不好，而且那些錢還不是大哥和二哥給妳的！」阿健急了，想反駁道。

「又怎麼了？你不能給我錢，他們給我的錢，我總可以自由決定要怎麼花吧？給孫子也不行！」健媽翻著白眼道：「好了好了！都晚餐時間了，你們要煮什麼？」

「我們今天打算煮泡麵！」藝寶純真地說出原本的計畫。每週四晚上都是泡麵日，往往會加蔬菜與火鍋湯底一起煮。但健媽聽了，可又不開心了。

「你看看，孩子們多可憐啊，有泡麵吃就這麼開心……」說完，健媽轉身往廚房走去。「我去看看冰箱有什麼，做點什麼給孩子們吃。」

「媽！真的不用！」阿健恨不得健媽能變成一個大型家具，他肯定舉起她就往外擺。

「奶奶，沒關係，我先來煮，您在旁邊幫忙就很好了！」湘湘率先搶在奶奶前頭，熱了鍋爐。藝寶也連忙堆起笑臉，拿出泡麵與食材支援姊姊。

看到孩子們依然堅持要吃泡麵，健媽仍碎碎念著，要打蛋、要放蔥、沙茶醬湯底不要太濃……

「好喔，奶奶。」湘湘一面溫聲安撫著，一面偷偷看著阿健的眼色。孩子們如此善解人意，阿健固然欣慰，卻覺得很愧疚，畢竟奶奶對他們來說，仍舊算個不速之客。

三、這種寵物誰要養

「喵喵喵——」三花貓「三平」、玳瑁貓「仙草蜜」聞到料理魚肉的味道，舉起尾巴往廚房跳去，等著晚餐。

「哎唷！嚇死我了！」健媽尤其被半花半黑的仙草蜜給嚇了一跳。「你什麼時候又撿了這兩隻！還養得這麼胖！人都餵不飽了，只會救些有的沒的。」

阿健望向在高處衣架上打盹的斑鳩，心想，還好健媽沒發現，否則一定也是一陣碎念。

「爸爸算是『中途』啦，在貓找到永遠的家之前，先由我們暫時照顧。」藝寶幫忙解釋。

「搞得這麼麻煩……當初別撿不就好了？」

「如果可以，誰想找麻煩！只是不能見死不救啊！當初這兩隻貓被貓媽媽丟棄了，在雨中冷了兩天，要是我頭也不回地走了，這兩條命就要算在我頭上了。」阿健伸手喚貓兒過來，親暱地摸摸牠們的肥下巴。「去年我們剛搬來這個城市，也不知道哪裡有好的獸醫院，琥珀幫了我很多忙。」

「哦，那個擺攤的女人喔，」健媽敷衍地點點頭，手邊繼續切菜。「她是很漂亮啦，但是不適合你。」

「我也沒想要跟對方怎麼樣啊！」阿健討厭被當成小孩子叮嚀，便拿著吸塵器先把客廳整理了一次，又將沙發邊用來當餐桌的和式桌擦了擦。

終於，泡麵火鍋上菜，加入了健媽特製的沙茶魚湯作為湯底，整體味道香濃。金星也拉著輪椅圍了過來。

「唉，這個煞風景的！去去去！」

望著金星被健媽趕到一旁，阿健連忙伸手護住金星的頭。「媽，這些貓狗都是我的孩子，麻煩妳態度別這樣好嗎？到我家來，卻看我的孩子不順眼，這種感覺很差的。」

「我才覺得感覺差呢！今天去你二哥的房子，窗明几淨，也沒有貓、狗的怪味。」

此時，湘湘望進阿健的雙眸，嚴肅地搖了搖頭。她的暗示還真奏效了，之後不管健媽說什麼，阿健都只是靜靜地吃飯，健媽則將話題轉到湘湘與藝寶身上。

「你們兩個念這裡的國中還習慣嗎？不會想念都市的生活嗎？」

「當然……」藝寶將話吞回嘴邊。「不會啊，這裡很好啊！每天都很多綠油油的風景可以看！」

湘湘則大方地點頭：「是會想念都市的朋友，不過現在這個學校也交到很

多新朋友，週末也有很多地方可以去，不用擠來擠去都是人。」

阿健聽在心底，知道這或許不完全是孩子的真心話。畢竟，他們總是顧及他這位爸爸的想法，一路走來就默默陪著他吃苦，也不敢抱怨。

一直到晚上九點洗好碗盤，二哥就來接走健媽。望著二哥的賓士車駛走，阿健可真是鬆了口氣。

「抱歉，每次奶奶都講東講西，給你們很多壓力。」

「不會啦，至少她有給我零用錢！」藝寶故意做出勢利的賊笑，但湘湘與阿健當然明白他只是想緩和氣氛，沒有惡意。

「孩子們……」眼看兩個孩子又要上樓，阿健很想問問他們，現在零用錢是否真的不夠用，但考慮到披薩事業還在跌跌撞撞，他也不願意問出自己不滿意的問題。

「帶孩子真的好難……沒有錢更是難上加難。」阿健把話藏進心底。「沒事了，你們上樓吧！早點休息喔！」

客廳再度剩下阿健一人，他收拾著沙發上的舊抱枕，摸了摸金星的頭，又把斑鳩小斑放出籠，讓牠運動一下。而剛吃完晚餐的兩隻貓兒，也慵懶地在睡窩望著阿健。

「比起人類孩子，照顧動物孩子真的有成就感多了呀……你們要的幸福簡單很多。食物、水、運動、關愛，也就這樣而已，不用因為買不起耳機和新鞋而覺得對不起你們。」阿健苦笑道，笑著笑著，眼中竟泛起一陣溼熱的淚意……

「嗚……」金星用溫熱的大頭湊了過來磨蹭阿健，這讓他又鼻酸了起來。

「乖，乖，謝謝你們陪爸爸，爸爸更會努力，不只讓你們幸福，也讓哥哥、姐姐都幸福。」阿健瞧著樓上的方向暗自許願，卻沒發現湘湘與藝寶站在階梯口，都聽進耳底了。

孩子們露出感動的苦笑，彼此對望。

四、電腦課

湘湘很期待週五，因為撐過早上兩節的數學課之後，第三節開始就是為期兩小時的電腦教室時間，這次課程剛好交到粉絲團的部分，由湘湘作報告，分享有用的粉絲團提高曝光率方法。

「如果在不付給臉書任何費用的狀況下，只要發文附圖，曝光率都會很高。比直接發狀況、發連結的效果都要好喔！」湘湘很喜歡將原本複雜的大量資料簡化，作成圖表、再口述給全班知道的感覺。作報告時的湘湘，短髮俐落地塞到耳後，清新又神采飛揚。

平常在家裡，她並沒有太多機會說話，而上了一天的課往往也累了，若是說出真話，說自己缺零用錢、想念媽媽、未來不曉得上要什麼樣的高中，對爸爸而言也是為難，最後，她把一切寫進日記中，就可以把所有祕密藏好。

只不過，這本日記寫在網路上，人人想看就看得到。

沒錯，湘湘的日記正是今天她用來當作報告範例的其中一個粉絲團——「披薩爸爸中途」。雖然沒對任何親友說過這個粉絲團，但湘湘在上頭每天都會更新家中一鳥雙貓一狗的近況。她總是借用爸爸的手機幫動物們拍照，再傳到粉絲團。

「我現在介紹的這個粉絲團，雖然只有三百個讚，但你們可以看到，只要

是貼圖片照片，讚數都會飆到三十幾，但如果只有更新連結，例如分享動物新聞等等，臉書的曝光率就會自動調低，像這則，只有五個讚。」

「哇，介紹得真好！」電腦老師熱情地示意全班拍手。「這個粉絲團好像很有趣啊！怎麼會發現有這個粉絲團呢？」

「嗯，網路上剛好逛到的。」湘湘露出自然的笑容，誰也沒懷疑，上頭的圖文都是出自湘湘之手。

例如下面這張雙貓趴成一團的照片。

「三平說：今天仙草蜜又和我抱著睡著，天冷我才勉強讓她抱，等夏天一來啊，我就要把她踢到一旁去！」光是這則圖文，就獲得了三十幾個讚。

雖然湘湘每天都只有晚上有空開筆電經營粉絲團，但每當她看到自己發表的內容被這麼多人讀過、認同，心頭就是一陣抒壓，彷彿被夏日山嵐吹拂而過。所有的不愉快與遺憾，也變得不那麼重要了。

「再來，粉絲團可以預設發文日期、時間，內容都可以預先打好，這樣不但可以挑晚上人多的時候發文、被更多人看見，也不用被時間綁住。例如我認識的一位粉專管理者，就是在每天九點打好文章，之後就關機，但臉書照樣於晚間十點、十一點替她發文，成效很好，又不用犧牲作息時間。根據商業週刊這篇統計說，若是寵物類的粉絲團，在平日晚上最容易獲得讚，因為現代人壓力較大，累了一天回家看看貓、狗會覺得很抒壓。而週末多半是美食、旅遊文、親子文章才比較容易獲得讚。」

報告完畢時，全班同學響起掌聲。

「哇，」老師讚嘆道：「我們湘湘實在是粉絲團的專家，妳自己本身有經營粉絲團嗎?不然怎麼懂這麼多?舉例也舉得很好。」

「我朋友有在經營。我有不懂都會問她，也會上網找資料。」湘湘禮貌又害羞地回答，但畢竟不擅長說一連串謊言，最後她的眼神有些飄開，無法全程直視著老師。

「湘湘為了這個報告花這麼多心思，真的很棒。很多人或許認為電腦課就是用來偷上網、打混用的，但很顯然優秀的同學就是不一樣!」電腦老師十足感動，語氣也激動了些。

湘湘回座時，幾位玩著手機的女同學忍不住白眼。

「真愛出鋒頭……」

「報告十分鐘就夠了，她講了十五分鐘，真的很故意欸。我本來想找偶像劇資料，卻被老師鎖螢幕，無聊死了。」

四、電腦課

聽到女同學們嚼著舌根，一旁的男生小灰忍不住插嘴：「妳們整天拿著手機玩，根本也沒在聽人家報告，何必管人家報告多久啊！何況妳們整天都在上網，幹嘛到電腦教室都還要計較上網時間？」

「要你管啊！」

「用電腦上網比較舒服啊，連這個都不懂喔？」

一群女生立刻圍剿小灰。湘湘聽在耳底，雖然無奈，卻也懶得讓自己攪進這場紛爭。

小灰大概以為湘湘會幫他說話，不然至少也該用眼神感謝他，但湘湘只是裝作沒聽到，低頭作自己的事情。

「欸……剛剛報告做得很棒。」小灰個性大方，主動找女生搭話一向不是難事，他對湘湘有些好感，自然懂得趁機表態。

「喔，謝謝！」湘湘瞇起眼睛微笑，但隨即又轉開視線，對著電腦打開視窗。

「我可以看妳在忙什麼嗎？」小灰挨近湘湘，但她雖然點頭，卻飛快地關掉剛剛在運作中的視窗。

小灰餘光瞥見，湘湘剛剛看的是個有動物照片的粉絲團。她身上有股寧靜卻排拒的能量，比臉上的表情還要好懂。

「那……我還是先不打擾妳了。」

湘湘沒有任何表示，不解釋、不反駁，連個不好意思都沒說，就這樣靜靜地讓小灰自己閉嘴。這還是小灰第一次遇到這麼世故的女生。

不難想像為什麼其他女生討厭湘湘，因為她身上有股睿智又平靜的傲氣。

「是因為，她是都市來的轉學生嗎？」小灰總認為這個女生沒有這麼簡單。除了擁有超齡的成熟之外，她的課業表現也讓班上總是前幾名的女生們很緊張，自然把她當作假想敵了。

湘湘似乎也知道自己被討厭了，卻不刻意去討好，也從不露出困擾的神情。這讓小灰感到很佩服。

「真是帥氣的一個傢伙啊！」他總是偷偷打量的湘湘。她的制服總是漿得又挺又白又整齊，但筆袋中的筆則是菜市場的雜牌貨，即便如此，湘湘的成績卻名列前茅。她的皮鞋雖然舊了，卻也看得出盡量保持潔淨的跡象。湘湘不像其他女孩子喜歡留長髮，總是清湯掛麵、將右側髮絲塞到耳後，也從沒聽說她跟班上哪位同學有私交好到假日一起出遊。

這在注重團體關係的一大票國中生中，是很罕見的。

「不知道她假日都在做什麼……如果邀她出去玩，不曉得會不會被拒絕？」

小灰看著湘湘側對自己，目光專注的模樣，她是個纖細聰明的女生，不可能沒察覺到自己對她的好奇，卻無動於衷，不開心，但也不慌張。

「真是太酷了。」小灰決定，要認真地考慮跟湘湘變得熟一點。

「就先從她有在瀏覽的粉絲專頁開始吧……希望會有共同的話題。」小灰憑著印象，在臉書中搜尋「披薩爸爸的中途日記」，火速按讚。

「既然湘湘都有在報告中提到這個專頁，剛才又看到她在瀏覽，應該也是很喜歡貓、狗的人吧！」雖然小灰家裡沒養過寵物，但他常看到媽媽半夜出去拿著罐頭餵食巷口流浪貓，即使雨天也不例外。

街上的動物真的很需要人類伸出援手，小灰用欣賞的心情，望著披薩爸爸粉絲專頁上的貓、狗照片。

「本日披薩全部賣完！謝謝大家！」高聲喊完之後，阿健用滿足感恩的心情收工，原本總是待到天黑的琥珀，今天也早早就拿出抹布清理檯面，收起擺在街邊的冷飲看板。

今天兩人提早收工，為的是要跟琥珀以前的學姐面交飛行空拍器。

不用說藝寶天天問了，阿健自己也很期待。再加上二哥說要幫忙出一半的費用，阿健更無後顧之憂了。

「只要能解決宵小的問題，種出健康美味的蓮霧就能回本了！」時間正式進入春天，原本總是傍晚五點就昏暗一片的天空，也變得較晚天黑，種種季節的徵兆，讓阿健恨不得趕快解決果樹下毒的問題。

「我學姐現在正在下交流道！」琥珀放下手機，微笑地對阿健解釋。「等等她會開車，由我們帶路回你家果園操作！」

「好喔，請她慢慢來沒關係，注意安全。」阿健今早離家前也特別把家裡打掃了一下，畢竟琥珀可能會進來作客，他可不希望給人邋遢的印象。

「孩子們，等等琥珀阿姨會來家裡，你們已經到家了嗎？」阿健打了通電話，回家確認。

「到家囉！準備先餵動物們。」藝寶興奮地回答：「等等一定要教我怎麼操作飛行器喔！」

「好啦好啦，當然要爸爸學會，才能先教你啊！八字都沒一撇，這麼急啊！」阿健苦笑著。

遠遠駛來一輛黑色休旅車，掛著黑色眼鏡、梳著馬尾的學姐從車窗探出頭，

四、電腦課

笑著朝阿健點點頭。

「嗨！你好！哈囉，琥珀，好久不見啦！」

雖然外貌也很樸素，穿著全黑服飾的學姐目光明亮卻友善，卻給人一種舒服的感覺。

「等等就麻煩你們帶路囉！」

「沒問題！」阿健回答。

兩台鮮艷的餐車一前一後護衛在學姐的休旅車旁，緩緩開向郊區。

阿健先前聽琥珀說，她大學是修視覺傳播，因此認識了這位很愛拍片的學姐。其實，阿健對於傳播人的印象多半是伶牙俐齒，知人知面卻不知心。既然琥珀給他的感覺是幹練熱情而無心機，他默默希望學姐也是好相處的人。

車子才開到果園，就看著藝寶與湘湘拉著興奮的金星，站在家門前等待。

「這是琥珀與她的學姐，阿雯。」阿健介紹孩子與狗給對方認識，湘湘則一臉為難地湊過來，低聲問：「爸爸，怎麼辦？我知道今天會有客人，但她們有要留下來吃飯嗎?冰箱裡只有披薩的食材而已，還是……我現在騎腳踏車去買？」

「沒關係，爸爸晚點送她們回市區，順便再買飯給你們。抱歉，沒有想得這麼周延，你們今晚可能會晚點吃飯喔。」

「沒問題。」湘湘點點頭，故作明朗地主動與琥珀、阿雯打招呼。「兩位姐姐好。」

「哇，竟然叫我們姊姊沒叫我們阿姨，真感動！」琥珀開心得很，畢竟三十有幾，被叫阿姨已經習慣了，湘湘貼心一笑，藝寶也很有禮貌地按捺著好奇心，視線餘光卻滿是期待與催促，等著學姐拿出空拍器。

「藝寶！」阿健發現兒子實在有些過頭，便出聲叮嚀。

「哈哈，沒關係！我本來就是為這個來的啊！」阿雯帥氣地滑開休旅車的後車廂上蓋，拿出一組紙箱，阿健連忙上前幫忙搬。孩子們也立刻興奮地靠過去。

「抱歉，這些是三年前的款式了，不過確定都還能用，廠商也有保固。我一個一個教你們。」阿雯拿出攝影機與空拍器的組裝架，熟練地將這個宛如大蜘蛛般的儀器組好。飛行器的螺旋槳不像直昇機那樣長在頭上，而是長在延伸出去的四肢機械手臂上。

「要注意，這個卡榫是不能逆時針轉的，只要直接套上去就好。我們攝影同仁先前用同款時常常搞錯。」

四、電腦課

「哇……太酷了！所以，這邊是可以轉的，但這裡不行囉？」藝寶驚嘆連連，學得幾乎都比阿健快了！

父子倆學會組裝與調整攝影機之後，接下來就是最讓人期待的試飛了！

「來，這裡面可以設定每次起飛就錄影，也可以設定為只飛不錄影，但我想你們是買來作監視用的，應該每次都要錄影對吧？」阿雯問完，阿健點點頭。

「那我就直接幫你們調整了，其實只要會操作數位相機的話，這台攝影機並不會太難上手。好，起飛吧！」

「哇哇哇！」連琥珀也不禁興奮，和孩子們一起慫恿著。

「機身本身防水，所以微雨的日子可以使用，但傾盆大雨時就不建議勉強它了。錄到的影像也會受到影響。」

飛行器的馬達運作著，揚起一陣小風。出乎意料地，等它升到空中之後，幾乎聽不到引擎運作聲。

阿雯緩緩推動手中的遠端搖桿。「這個就是男孩子們的最愛了，小時候玩過遙控車的話，應該很快就能抓到訣竅了。這個舊的顯像器則可以顯示飛行器目前拍攝到的即時畫面，萬一你們有看到異常，也比較來得及處理。雖然即時畫面的解析度會比較差，但不會是什麼大問題。你看，這裡已經顯示飛行器拍到的影像了！」

眼看自己與孩子的頭頂都出現在螢幕上，大家直呼不可思議，琥珀還興高采烈地對飛行器招手。

「哈哈，是我們家欸！」隨著阿雯將飛行器越拉越高，整棟果園小墅也被完整拍攝，原本還清晰可見的阿健一行人，已經成了一個個螢幕上的小點。

「天啊，原來從上帝的眼中，我們看起來好渺小……」藝寶忽然的感嘆，讓大家哈哈大笑。

「我是說真的啊，我們平常都把自己想得太重要了，何必為了小事情煩惱啊！」難得如此嚴肅的藝寶，讓充滿冷靜氣質的湘湘也噴出笑聲。

「等等，我來做個實驗，我去果園走一下，看你們能不能抓到我在哪！」阿健也起了玩心，拉著藝寶就跑進林子里。

畢竟這原本就是購入空拍器的動機，當然要實驗看看！

五、空拍器，上工！

「來，湘湘，我們一起把妳家人找出來吧！」阿雯也主動將遙控器遞給湘湘，邊教她操作。

琥珀則瞪大眼睛盯著監看器。「沒想到晚上還是看得滿清楚的。我原本以為果園樹下若有人走動，會拍的不清楚……」

阿雯解釋道：「我剛剛裝的是夜間鏡頭，只要目標有在動，應該不難拍到，而且飛行器也可以往下飛，鑽縫隙去拍對方的臉，只是……這真的要操縱技術很好才行！湘湘，妳要督促爸爸和弟弟在晴天的日子多加練習，養兵千日，用在一時啊！」

「沒問題！」湘湘很有精神地笑著回答。

「哇，找到了！那兩個在動的，白白的……」眼尖的琥珀指著監看器螢幕。雖然無法拍清楚對方的臉，但能很明確地看到林間有人在穿梭。

「我們發現你們了喔！」湘湘朝樹林方向大喊。

「啊？真可惜！」遠處傳來藝寶走近的聲音。

「有什麼好可惜的！就是要錄不正常的活動才會買空拍機啊！」湘湘罵道。

「等等，阿健呢？」琥珀發現藝寶是單獨回來。

「你不是跟爸爸一起走嗎？」湘湘與阿雯驚訝地望著藝寶。

「嗯……一開始是一起走啊，後來我想說跑遠一點看看……結果就沒看到爸爸了。」

「你……」湘湘氣得無話可說。

「沒關係，別太緊張……」琥珀苦笑地揉揉湘湘的肩膀。「反正是自家果園嘛，我們再繼續用空拍器找找阿健，等等就會看到啦！」

「對啊，何必大驚小怪，爸爸沒有妳想得那麼脆弱啦！」藝寶是粗線條的孩子，看到湘湘眼中冒火，自然覺得很無奈。藝寶心想，自從媽媽去世後，姊姊經常對於家人的舉動反應過大，不僅很愛要求大家報平安，每週末也硬要叫大家聚在一起，有時候藝寶連兩天跟同學出去玩，還會被她指責。

阿雯眼看姊弟間瀰漫著一股緊張對峙的氣息，連忙當起和事佬。「唉呀，別擔心，藝寶，你也來幫琥珀看，找你爸爸在哪。」

湘湘則是無奈地繼續操縱遙控器，她真不喜歡大家那麼喜歡站在弟弟這邊，難道真的是她太愛生氣了嗎？

「搞得好像是我小題大作一樣……畢竟就是因為果園不安全，我們才需要買空拍機的啊！」

大家找了一陣子，也試圖走到林邊，直接用聲音呼喊阿健。

然而，隨著已經十分鐘過去，無聲無息。

「嗚汪！」連金星也發現對況不對，在圍欄後面低鳴著，想出來找阿健。

「來，金星，去找爸爸！」藝寶收起笑容，緊張地望著拖著輪椅的金星衝進樹林。

「總不會在自家果園迷路吧？都來這裡好幾個月了！」藝寶碎碎念著，目光不敢看向姊姊。

「啊，有了啦！阿健在這裡啦！」阿雯指著顯像器上的一個白影。白影每走幾步就東張西望，顯然在找什麼。

「你看，爸爸都是在找你啊！你跑走之前怎麼不先說一下！」湘湘逮到機會，再度數落藝寶。

當阿健與金星這一人一狗的身影走出果林，大家才真的鬆了口氣。

「抱歉，我剛剛本來想找藝寶……但一直沒找到。」阿健氣喘吁吁地解釋道。

「我一直叫藝寶藝寶，對方卻沒回答。」

「等等，爸，你說的這是幾分鐘前的事情？」湘湘一頭霧水。

「五分鐘前呀！」

「藝寶十分鐘前就回來了欸！」琥珀與阿雯面面相覷。

「爸，你看到的人，不是我欸。」藝寶連大氣也不敢喘一下。

「也就是說，剛剛果園裡還有別人嗎？」阿健話一說完，湘湘立刻害怕地環抱住金星的頸子。

「這感覺真不好，誰會晚上偷偷進來啊！」琥珀猛搖頭，感覺手臂上的雞皮疙瘩都立起來了。

「沒關係，搞不好空拍器有拍到，晚點你們用錄影功能回放試試看！」阿雯緩了緩氣氛，堆起笑臉說：「也有可能是聽到我們聲音很大，才過來看的。鄉下地方很多這種好奇的老人家，別太擔心啦！」

這晚雖多了個小插曲，但終於買到空拍器，阿健仍說服自己可以稍微安心了。再說，週末二伯也會帶人來加裝監視鏡頭。

「只希望我們不在家時，閒雜人等別再隨便進來了……」望向陰沉的早春夜空，阿健喃喃說道。

第二天剛好是假日，一早湘湘就聽到藝寶在樓下的喧鬧聲。

「哇哈哈！不行啦！欸！小心小心！」

「真吵……藝寶這懶蟲，假日不都睡到中午嗎？今天這麼早起喔？」湘湘拖著疲倦的腳步下樓，客廳時鐘顯示才八點多。

「啊啊啊啊！」前門忽然傳來阿健的叫聲。

「怎麼了！」湘湘急得推開門，定睛一看……

父子倆忙碌的背影映入眼簾，他們又叫又跳，直盯著藍天看，根本連湘湘開門問話都沒發現。

「等等，太右邊了啦！給我啦！」阿健跟藝寶搶著一個東西。湘湘連想都不用想，就知道他們一定在爭奪飛行空拍器的遙控主導權。

「來，金星。」她摸了摸一臉無聊的虎斑大狗。「我們先來吃早餐吧！」不知道為什麼，看到爸爸和弟弟少根筋的模樣，湘湘就覺得東操心西操心的自己，真是白痴。

媽媽過世後，她只覺得無所適從又悲傷，轉學、搬家、適應……回過神時，湘湘已經無法在週末睡到自然醒，雖不用負責所有家事與三餐，但她總是最先意識到「下餐飯要煮還是要買」、「家裡哪個角落很髒了」這種瑣事。

湘湘知道爸爸忙著賺錢，也都盡力了。只是，沒有媽媽，這個家還是好奇怪。

五、空拍器，上工！

「為什麼爸爸和弟弟都好像很習慣了呢？難道……只有我一個人沒有成長嗎？」

「嗚嗚……」金星用溼潤的鼻子頂了頂湘湘的手，她這才回過神來。

「啊！糟糕！快焦了！」湘湘連忙把平底鍋的火關小，她原本還要去拿爸爸與弟弟的食材，但每天忙著上課與操煩家裡，週末早上眼皮實在好重。

「管他們的，那麼有精力的話怎麼不先煮早餐，竟然是先去玩空拍器！」

湘湘煎了自己的蛋，拿著土司配上鮪魚罐頭，吃得很香。金星則是不加鹽油的水煮雞肉配高麗菜，三平與仙草蜜兩隻貓兒也享用著加了溫水的罐頭大餐。

「小斑，我沒有忘記你喔！」湘湘把衣櫃上的鳥碗加滿飼料，斑鳩小斑從籠中柔軟的布窩走出，也開心地啾啾叫了兩聲。

之所以會養小斑，其實是個意外。

那是湘湘與藝寶代替爸爸，去醫院接回結紮貓兒們的一個下午。

「請等等喔！我馬上把貓咪們帶出來，牠們的復原情況都很好，也沒有亂發脾氣。」護士姊姊親切地與他們打完招呼，就離開擁擠的接待廳，下樓去動物病房帶貓。

藝寶與湘湘沒事做，便打量著滿滿診間外的人群。因為這是一間口碑很好

的獸醫院，自然充滿了許多愛護貓、狗的家長。

只不過，他們其中有些人也只會愛護貓、狗而已。

「這是什麼啊！」忽然間，一群家長指著擁擠接待廳的認養區。認養區平常總擺放著許多中型籠子，多半是送養的小狗和小貓。但那天，在一大疊狗籠貓籠之中，放著一個特別小的籠子。

白鐵的籠子中，有個特別吵鬧的影子在動來動去，來回踱步。

「咕咕……咕咕咕呼！」一隻花褐色、酷似鴿子的大鳥在裡頭，似乎知道外頭的人們在打量自己，因此特別努力表現，又動又叫。

「護士小姐，這是什麼啊？」一位抱著狗狗的中年婦女問。

「哦！牠是斑鳩，跟這邊的貓狗一樣，要給人認養。」

「什麼？認養？誰要養這種東西啊！哈哈哈哈！」

整個候診廳的貓狗家長都放聲大笑。只有藝寶和湘湘不覺得好笑。

「哈哈哈，這是野鳥吧？怎麼不放走？」一個提著貓籠的爸爸問。

雖然有些不開心，但護士小姐仍耐心地回答：「因為這是好心人送給我們照顧的，牠被野狗攻擊，翅膀和腳都受了傷，雖然骨折已經好了，但跑跳有問題，爪子也握力不足。這樣的鳥放回野外是不行的，因為牠已經不是一隻百分百健康的鳥了。」

「那牠可以飛嗎？」藝寶亮著清澈的眼睛。

「可以，飛行沒有問題。事實上，那天我們還不小心差點讓牠飛走，醫生因為太擔心，追到巷尾才把牠帶回來，說萬一讓牠死在外頭，我們救治的苦心就白費了，再怎麼樣也是一條生命……」護士小姐苦笑道。

一群家長嗤之以鼻。「哎唷，讓牠自己飛走不就好了？這種野鳥，沒有人要養的啦！」

「誰說的！」回過神時，湘湘不自覺地握起拳頭，高聲道：「我就會考慮養牠！看牠很聰明的模樣，一定不難照顧。」

「姊姊……」藝寶沒想到一向冷靜的湘湘會脫口說出這種話，望著護士小姐帶上來的三平與仙草蜜，和緩地問：「可是我們有養貓，這樣斑鳩不會有危險嗎？」

獸醫聽到診間外的騷動，露出微笑。「不會喔！這隻斑鳩很聰明喔，雖無法野放，但若是養在室內，活動力堪用了。牠也會自己躲貓，只要給牠一個貓跳不上去的地方好好休息，或加裝保護網就沒問題了。」

「那我們要養牠，今天就帶走！」湘湘明快地作出了決定。

而當時與一群貓狗擺在一起的籠中小斑，也定睛瞧著藝寶與湘湘，似乎知道他們就是自己的新主人。

小斑回家後，興奮地在家中飛來飛去，但一定回到自己的籠中排泄。平常一天會開籠門放風幾小時，但湘湘一家並不會放著牠與貓狗單獨相處，也的確把小斑的家安置在貓、狗都無法打擾的地方。日子久了，小斑更有自信，還會主動邀請貓兒玩耍，把兩隻貓氣得狂甩尾巴。

但時間久了，三平與仙草蜜倒也會照顧小斑。有一次小斑重感冒窩在籠中兩天都沒出來，人類沒發現，貓們倒是意識到不對，紛紛對著高處的籠子喵喵叫，這才讓阿健警覺地帶小斑去看醫生，即時撿回一條命。

「不過，我們家現在的狀況，要養這麼多寵物，還要讓牠們過得開心，實在是有點吃力，真的要以中途自居，抱著『隨時會願意有比我們更好的人領養牠們』的心態才對……」湘湘看過其他貓咪的粉絲團，牠們吃的罐頭不但比家裡的貓高級，也常常有許多玩具、貓草包可以玩，更有貓咪吊床、貓咪健身樹等高級的擺設，這些恐怕是湘湘一家無力馬上負擔的……

「如果去那種應有盡有的人家，三平和仙草蜜一定會很快樂吧！」

半年前就在網路上放了認養消息，當牠們還是小貓時，許多網友都對貓咪

們很有興趣。

「請問貓咪現在還在嗎？我比較想認養三花貓！謝謝！」

「我住在台北，我和我老公剛搬到新家，工作也穩定了，想要找隻貓作伴，我們都很常待在家，希望找隻文靜的貓，看到你們的三花貓很喜歡，請再跟我們聯絡。」

往往會接到各式各樣的詢問，湘湘一開始都會排斥點閱這樣的訊息，因為，一想到要把貓送到陌生人手中，還是感到很不安。

爸爸阿健也總是說：「現在虐貓人太多了，就算沒虐貓，養了之後忽視不管、棄養的人也很多！我們一定要慎選認養人啊！」

即使每次都請對方填家中環境介紹，並詢問他們照顧貓咪方面的知識，卻每每都沒了下文。

「唉，對方說要把貓養陽台，我只是請他們附上家裡陽台的照片而已，就不回信了。現在人真是的。」家裡常聽得這樣的埋怨。

「我這裡有另一組候選人，只是請他們要記得帶貓咪打預防針和登記晶片，嘴巴答應了，卻不願填認養保證書……」湘湘也搖頭嘆氣，父女倆的對話往往充滿挫折感。畢竟，他們要求兩隻貓要一起被領養，這條件也不寬鬆，對方如果愛理不理，只會讓後續的問題很難進行。

但湘湘與阿健也並非最嚴格的送養者，有些經營貓狗中途的飼主，甚至會親自上門看看認養人家的環境，也會讓貓狗去試養一個月，才會做出最好的決定。

畢竟送養的是隨處可見的三花貓、玳瑁貓，並不是多名貴的寵物店待售品種貓，在貼出照片幾個月內逐漸乏人問津。而兩隻貓也從當初的小幼貓，長成今天的成貓。

「到底應該繼續認真地到處張貼認養訊息，還是就默默這樣接手呢？」因為阿健已經有很長一段時間沒上網，這個問題自然交由湘湘操心。

最後，她有了個想法，就是開個粉絲團，紀錄家中貓狗與鳥兒的生活，用輕鬆的方式默默宣傳「貓兒可以被認養」這件事。

「不過，大家都只說照片可愛，並沒有什麼人詢問欸。」這個週末，湘湘想做點不一樣的事情，就重新把當初的認養海報圖檔找出，用軟體加上貓咪近照。

「花貓姊妹求包養，三花、玳瑁一次滿足！」她還想了個有趣的文案，吸引大家注意。

隨後，湘湘便吃著早餐，用筆電在客廳上網，把訊息貼出。

「咪嗚……」三平發出撒嬌的叫聲，讓湘湘有些鼻酸。貓兒們一直都不知道，其實主人有意讓牠們離開。

「這是為了讓你們過更好的生活啊……我們家目前有太多事情了，根本無法全心全意照顧你們。」湘湘鼻酸地對貓兒說。

吃完自己的早餐、餵好動物們，才早晨九點，她也懶得管外頭玩到少根筋的弟弟與爸爸，留了張「我已經吃飽，你們自行打理」的紙條，就上樓睡回籠覺了。

難得的小任性，雖然無人發覺，湘湘心底卻有種悵然的快樂。

躺進被窩的那一刻，心情都放鬆了。

也許，她任性一點也不錯。

飛行中途
日記

六、週末採買行

「今天姊還真自私，竟然自己吃飽就走了，也不順便煮我們的。」藝寶無心地抱怨著，他剛吃完阿健隨手做的蛋餅，正在清洗碗盤。阿健則在手臂上塗了防晒油、戴上斗笠準備去果園工作。

「藝寶，別說姊姊自私，準備早餐並不是她的責任啊！我們自己在外頭玩得不亦樂乎，搞不好還把她吵醒了呢！」

「我只是隨便說說而已啦！」藝寶揮揮手。「但是，空拍器真的很好玩欸！一玩就忘記了時間。」

「哈哈，很好啊，你記得等它充好電後要拔掉插頭，如果你願意，只要你有空都可以用空拍器替我們巡邏果園。爸該出門了，等等要跟亞麗姨、阿銀嫂會合，今天是施肥的日子。」

阿健全副武裝，透氣園丁鞋配上斗笠、身上瓶瓶罐罐，走進綠油油的蓮霧園中。

「真棒……再幾個月就能結果啦！」亞麗姨主動從果園另一頭走來，朝他打了聲招呼。

「犯人抓到了沒？」阿銀嫂則是劈頭就問阿健。

他只好將最近這幾天發生的事情都說了一次。

六、週末採買行

「會不會是別的果園來施壓？」亞麗姨擔心地說：「聽說今天裝監視器的人要來，知道是幾點嗎？」

「傍晚吧？裝完馬上就能測驗夜視鏡頭了。」阿健苦笑道：「花了這麼多錢，真希望能抓到犯人啊！」

「汪！」尾隨在後方的金星也吐著舌頭微笑，陪阿健到處兜轉，是牠假日的樂趣。雖然無法幫忙什麼，但光是跟上跟下，倒也讓金星頗有成就感。

大夥兒就推著各自的施肥小推車，在果園中忙了起來。

「爸，我送便當來了。」藝寶拿了幾個從山坡處鬧區買的便當，一一分送給阿健與分散在果園各地的亞麗姨、阿銀嬸。

「哇，這麼準時，才十二點就發好了！」阿健擦著藝寶遞上來的冰毛巾，滿足地讚嘆。

「我剛剛有用空拍器偷看你們大致的位置，才這麼快就找到啊！」藝寶得意地炫耀道，還指了指樹林上方。

「剛剛飛過我這裡了？我完全沒發現欸！」阿健驚喜地點點頭。「很好，買了這麼貴的東西，就是要能活用啊！」

藝寶哈哈笑著說道：「謝謝啦！對了，下午我和姊姊要去市區，買下週要

用的學校的東西，也許順便去趟寵物店。」

阿健問：「學校的東西是什麼？錢夠嗎？」

「夠啦，姊姊只是補充美術用品而已。我是想買一顆籃球，不然每次都跟同學借好麻煩喔。」

「好啊，別悶在家裡，週末要出去走走！錢不夠再跟爸爸說。」

雖然每次都只是一百、兩百的給，但阿健的誠意十足。這點藝寶也十分心領。

報備過後，藝寶與湘湘就騎著腳踏車出門。

騎車前往市區大約要半小時，春日的陽光十分折騰人，早曬得黝黑的藝寶倒是沒差，湘湘則是白色長袖配長褲，很怕被晒傷。問她為什麼不擦防晒油，她回答：「防晒油是給爸爸工作擦的，一瓶好幾百元，用幾週就沒了，我戴大草帽姑且可以擋著，就沒關係了。」

「妳真的很誇張欸！活在妳身邊真累！」藝寶故意開玩笑，但騎在前頭的湘湘根本不理他。

「妳這樣大草帽加上長袖長褲，好像阿嬤喔，屁股看起來又大！」

「不要浪費力氣，快點跟上！我想早點到市區！」湘湘猛踩著腳踏車，幾

乎將藝寶遠遠甩在山坡上。

「幹嘛忽然那麼趕時間啊……」藝寶碎碎念著，想不到姊姊體力還這麼好，一路踩單車踩得飛快，竟然還有餘力中途停下來喝水，等他跟上。

兩人到了市區的文具行大街，將腳踏車停好。

藝寶問：「妳今天這麼趕時間啊？是跟誰約了什麼嗎？」

「沒有跟誰約啊。」湘湘冷淡地撥了髮絲塞到耳後。「只是要買一些美術用品，和下禮拜外掃區美化比賽的東西。」

藝寶很難想像，以前總是被同學們簇擁著的湘湘，竟然毫不在乎地打算獨自採購。「幹嘛不跟同學約出去逛街呢？妳這樣好孤僻喔，假日也一個人。學校的事情，找自己同班同學一起辦不是很好嗎？」

「為什麼一定要跟別人呢？我覺得這樣比較自在啊！」湘湘有些不開心了，反駁道：「再說，你要我去逛街，請問我哪來的閒錢呢？」

藝寶不知道姊姊是哪裡不滿意，這下才終於明白，原來她心底最在意的，果然還是爸爸賺不夠的問題。

一時間氣氛沉重，藝寶想說些什麼玩笑話也說不出口，反正說了，大概又會被姊姊斥責一頓。

「我知道了，我們先分開逛吧！一小時後集合，再一起去寵物店搬貓食狗食。」

雖然用的只是一般無連網服務的手機，但藝寶的人氣還是跟以前一樣挺旺的。他到了新學校後，因為體育很拿手，自然成為班上球隊比賽的領導者，假日也有很多簡訊邀他出去玩。因為現在的國中生多半依賴網路傳訊息，只能用電話與簡訊聯絡的藝寶，反而給同學們特別新奇的感覺。

接了幾通電話後，藝寶的一群好哥兒出現在購物中心的門口。

「藝寶！我們等你一小時啦！剛剛大家約在牛排館，就你沒來！」

「抱歉！我剛剛簡訊有說，我先在家裡吃過啦！」藝寶懶得解釋，因為每個月有一定的外食預算，所以動輒兩、三百元的外食餐廳，能免則免。

雖然是與同學「逛街」，但藝寶也習慣了只用眼睛瀏覽，不伸手掏錢包的生活模式。

「現在去哪裡？我們走吧！」藝寶勾起哥兒們阿飛、偉翔的肩膀，率性地融入他們的話題中，一群男孩吵吵鬧鬧地往前走。

鄉下市鎮的孩子比起藝寶這樣的城市男孩而言，較為純樸，但他們可不缺財力，往往聊到什麼球鞋新款式就會到處去比價。

但即使比到最便宜的價格，面對哥兒們的慫恿，藝寶也依舊堆起微笑，率性回答：「今天不買囉，沒錢啦！」

久而久之，藝寶自己倒不覺得尷尬，反正他總是故作開朗地回答，輕鬆帶過買東西的話題，別人要同情他也同情不起來。

踏入運動用品店，指著玲瑯滿目的品項，藝寶總是把瀏覽球鞋網頁當作居家興趣，才能說出一口讓人信服的選鞋經。「喔！這雙！很適合偉翔啊！你是籃球隊的控球後衛，這個新款是專門加強腳踝的。」

「款式很好看，但這個配色我不喜歡欸。」偉翔說。

「它還有一個隱藏配色，全台灣要等下個月才到貨，不然你下個月再來看也可以！」藝寶依舊如數家珍。

反觀兩公里以外的商圈，湘湘正獨自一人逛著書店。

其實，她當然想念以前的朋友，不過，也沒有餘裕在假日的時候特地回去，以前的朋友雖常說「有機會去找妳玩」，但終究一次也沒來過，時間久了，彼此沒有共同話題，湘湘也覺得特地去叨擾對方很刻意，所以聯絡的頻率也漸漸遞減了。

「反正，那些人大概也覺得我沒了媽媽、沒了房子，搬到鄉下很可憐吧！」

爸爸的智慧型手機是中古的，雖然能拍照能上網，速度卻慢到不行，湘湘真的很想要有一台自己的手機。

「我也要拍照打卡、更新近況，讓老朋友新朋友知道，我過得也不差，我還能享受他們沒有的鄉間風情，雖然是不太適應，但我也很努力了啊。」想著想著，湘湘忽然發現，「孤單」與「孤獨」是不一樣的。

「孤單」的感覺很空虛、很寂寞，但「孤獨」的人能獨善其身，一個人也很開心。

「都是小妙太愛胡說了！」

「我沒有好嗎！妳剛剛還不是也這樣想！哈哈哈！」書店隔壁走道傳來女孩子們的嘻笑聲，湘湘望著她們充滿活力的身影，忽然想到自己好久沒找個人嘰嘰喳喳地說話了。

「好想回家抱抱貓、狗們……看著可愛的小斑跳來跳去。」湘湘雖然悶在心頭，卻也沒忘了今天的重責大任。

其實，她與另外兩位同學被分派在外掃區佈置比賽的美化小組中，說好了各自要在週末蒐集素材，下週要開會研究。

知道自己在班上的人氣不算高，為了不讓人看扁，湘湘也拼命地畫了好幾

六、週末採買行

張設計圖，今天是要來買齊作品材料的。

週末的午間時間，這間書店折扣殺得很大，櫃台也總是排著長長的結帳人潮。湘湘平心靜氣，一面清點自己的用品是否都買齊了，一面慢慢跟著隊伍前進。

等了五分鐘，總算往前進了幾步……但湘湘卻發現，班上的用品買到了，但自己要用的水彩顏料卻忘了買。

「唉，真煩，現在離開排隊人潮，等等又要重新開始。剛剛才跟弟弟吵架，約好了等等準時碰面，如果讓他等我，又要看到他得意的臉！」

湘湘拿出手機看時間，距離跟弟弟碰頭的時間只剩十分鐘，但水彩顏料下週二就要用到，又不可能不買……

什麼時候開始，竟然會為了這麼小的事情傷神……

「咦，這不是湘湘嗎？」身後有人叫住了她。

是同班同學的平頭男生，小灰。

小灰滿臉紅光，彷彿極度高興與湘湘巧遇。「我剛剛就覺得這背影很眼熟，原來妳也來……」

「不好意思，你要買的東西多嗎？」湘湘唐突地瞧著小灰手上的東西，只有兩支筆。

「我幫你結帳好嗎？你再給我錢，反正我會比你快排到隊……」湘湘望著前面的人潮，其實她大可以先把手上一堆東西交給小灰幫忙結帳，但恐怕會引人反感。

如果只是幫小灰結帳兩支筆，就不會有太大的疑慮。

「我來幫你的筆結帳，你能現在先脫隊，幫我跑個腿嗎？」湘湘低聲而急促地要求道：「要麻煩你去最後面的陳列架，幫我拿一盒太陽牌的二十四色水彩顏料！」

「哦哦，沒問題！」湘湘本來以為自己還需要重複解釋，但沒想到小灰乾脆又機靈，馬上將自己的筆拿給湘湘。

「最後一排的水彩顏料，太陽牌二十四色！」小灰一轉頭就離開隊伍，不到三十秒就帶著正確的商品回來。

「真的太謝謝你了……」雖然跟小灰不熟，對方卻二話不說就肯幫她這個忙，湘湘真不知道自己一分鐘前在操心什麼。

「不會啊，小事一樁，不用謝啦。」小灰老神在在地站在隊伍外頭，望著湘湘結帳，也敏銳地立刻掏出買筆的錢給湘湘。

六、週末採買行

「真的幫我大忙了！我等等趕時間，萬一要重新排隊就來不及了，謝謝！」

湘湘認真地望著小灰的眼眸淺笑，隨後匆匆邁開腳步。「那我先走了，再見！」

「咦？等等……我也跟妳一起走，反正待會兒沒什麼事。不過，妳是要去哪裡呀？」

湘湘疑惑地蹙起眉心。「可是，我等等要跟我弟去寵物店欸！你為什麼也要跟來呢？」

「不行嗎？」小灰露出受傷的表情，但隨後又燃起積極的目光。「應該不會很遠吧？我家裡有養寵物啊，我也想去寵物店看看！」

「喔，好……那就一起吧！」

「妳好像覺得我很煩？」小灰又追問。一般的女生大概會否認，但湘湘卻率直地邊點頭邊走在前頭趕路。

「嗯，是有點。」

「對不起，不過我還是要跟。」小灰露出傻笑，強調著：「總之……我是真的有事要去寵物店喔！」

湘湘聽了終於稍微卸下心防，走回人行道旁牽起腳踏車後，弟弟藝寶也來會合了。

「哇，什麼時候多了一個人！」藝寶看到小灰顯得很開心，小灰則直爽地率先作自我介紹。

「我是李湘涵的同班同學，叫我小灰就好。剛剛在書店遇到的，可以跟你們去寵物店嗎？」

「哈哈，原來我姊還是有朋友的嘛。」藝寶哈哈大笑，湘湘則瞪了他一眼，也沒對小灰好好介紹弟弟，就先行騎上腳踏車。

「來，我載你吧！叫我藝寶就可以了。我和我姊是雙胞胎喔，有點像吧？」

「這麼一說，輪廓還真像。」小灰大開眼界地猛盯著藝寶的臉。「只是你比較帥，你姊姊比較漂亮。」

「哈哈哈你嘴真甜，你有什麼要求嗎？為什麼人這麼好啊！」藝寶載著小灰踩動踏板，愉快地跟在湘湘後頭上路。

藝寶說：「不過，問句失禮的話，我姊好像跟你不熟欸？」

小灰想了想，決定說實話。「她已經算跟我很熟了……至少我們週末還會見面不是嗎？」

「哈哈哈哈，說得也是！」

「小灰，別說多餘的話！」湘湘在前頭邊騎車邊高聲命令道。小灰立刻乖

乖安靜下來。

「是說，小灰你家裡也有養寵物？不然怎麼想跟我們去寵物店呢？」

「嗯……算是有養。養貓。」小灰想起媽媽每晚都會神秘地出去餵流浪貓。幾個常見的貓罐頭品牌，他也都有印象。

「養貓啊，我們家也有養呢！」藝寶熱情地繼續與小灰搭話。「養了一隻三花貓、一隻玳瑁貓。」

「『戴帽』？帽子嗎？」

藝寶憋著笑糾正：「不是，『玳瑁』是一種類似咖啡、黃、黑交雜的顏色，很像琥珀、瑪瑙的顏色。」

「哦哦，那我大概知道長什麼樣子了！臉花花的很可愛啊！」小灰想起自己最近常逛的粉絲團，裡頭就有三花與玳瑁。

只是，也真巧，看來湘湘與藝寶家的貓，跟粉絲團「披薩爸爸中途日記」的貓是一模一樣的毛色。

飛行中途日記

七、祕密曝光

比起湘湘，藝寶似乎比較好聊，小灰很想從這位帥氣的弟弟口中多知道一些湘湘的事。

沒想到，藝寶率先問了。

「我姊在你們班上人緣怎麼樣？應該很不好吧！哈哈！」

「不……不會啊！她最近才被交付了佈置外掃區的重要責任！」小灰指著前頭腳踏車上的湘湘，她身上的大紙袋正是裝滿了佈置用品。

「哦，因為我姊姊完全不說學校的事情，雖然我們念同間學校，但不同班，我看她在學校也常常獨來獨往，我爸也有點擔心呢！」藝寶難得嚴肅用關懷的眼神望著前頭湘湘的倔強背影。

「是不需要擔心，湘涵同學在我們班上成績很好，不管做什麼都會被老師誇獎呢！連大家最愛擺爛的電腦課報告，她也都很認真做啊！」

隱約聽到身後傳來弟弟與小灰的對話，湘湘沒想到竟然會有同學說出自己的正面評價，一時間暈陶陶的。

其實，她也知道自己人緣不夠好，但與其一到新環境就像藝寶那樣熱情地到處討好人，湘湘覺得把唸書的本分做好比較重要。人際交往什麼的，對她而言真的有點太累了。

七、祕密曝光

不料，即使是這種彆扭封閉的個性，還是可以認識到小灰，甚至聽到他說出對自己的好話。即使知道大概是客套話，但湘湘對小灰的印象倒有點改觀。

「理了個小平頭、個子矮矮的又貌不驚人，看起來卻是個有水準的男生啊。」

穿越了幾個車水馬龍的街口，到達一間外觀有些陳舊的寵物店，雖然在這裡已經開幕十個年頭，但裡頭已經沒有陳列任何貓、狗活體商品，而是設立了一個有圍欄的透明公共活動區，一區放待認養的小貓、小狗，一區留著讓員工將他們的貓、狗帶來上班。活動區貓、狗分開，避免互相打擾。大概是因為有了寵物的陪伴，這裡的員工態度總是友善愉快，因為生意很好、進出貨量都很大，折扣也給得很慷慨。

一到寵物店，湘湘就逕自走進貓食區，精明地拿出採購清單小紙條，一一比對著貓食的價格。

從沒到過寵物店的小灰，則走馬看花地跟在藝寶身後。

「來，今天有狗狗零食的試吃，家裡有狗狗的飼主也歡迎帶兩份過去喔！」穿著棕色圍裙的親切長髮女店員主動對藝寶說，他立刻開心地收下。

「你們家還有養狗啊？」小灰很訝異。

「有啊，養了一隻虎斑大狗，叫金星。牠後腳癱瘓了，但有了輪椅之後依舊健步如飛呢！根本沒覺得自己有多殘缺，我每次看到牠，都覺得人應該要多注意自己擁有什麼，而不是缺少什麼。」藝寶憨笑地說：「哈，抱歉，我好像說教起來了。」

小灰沒聽過狗還可以坐輪椅，覺得十分神奇。不過，他隱約也在那個中途的粉絲團看過，三花貓、玳瑁貓與一隻虎斑狗趴在陽光下閉目養神的照片。

「請問你們家的地板是磁磚地嗎？應該不是木地板吧？」小灰問藝寶。

雖然不知道小灰為什麼問這種問題，但藝寶仍認真地回答：「是仿木紋的磁磚。怎麼了嗎？」

「沒有……」小灰若有所思。

「看你對我們家好像很有興趣。下次可以來我們家玩啊！」藝寶熱情洋溢地拍了拍小灰的肩膀。「週一到週五傍晚，我們爸爸會在鬧區賣披薩，歡迎來嚐嚐看喔！」

「哇！真好！」小灰聽到披薩，一時間覺得有些耳熟，但心中的羨慕更大過於好奇。「你們每天都吃披薩啊？」

七、祕密曝光

「哈哈，當然不行啊！不過每次我爸研發新口味，我都會偷吃個幾片！走吧，你不是也要買東西給你家的貓嗎？」藝寶帶著小灰走進貓食區，與正在打量架上商品的湘湘會合。

「你們家的貓一般都吃什麼飼料？」湘湘似乎也對小灰的貓很感興趣。

「嗯……這個，和那個，有時候也吃這種。」小灰憑著印象，指出架上媽媽常買的罐頭。

「哇，這些單價都不低欸！你家對貓咪真捨得花！」藝寶讚嘆地說。

「哈，沒有啦，那我今天就順便幫我媽先拿幾個罐頭。」小灰瞇眼一笑，各抓了幾個罐頭在手上。說來慚愧，其實他跟媽媽餵養的貓咪完全不熟，甚至也沒仔細觀察過牠們的長相。反倒是媽媽，即使是外表一模一樣的流浪貓，媽媽總能輕易分辨，還對每隻貓咪的個性、年齡如數家珍。

「已經連續兩天了……那隻母虎斑貓都沒有來吃飯，會不會是怎麼了？好擔心啊……」偶爾在深夜餵完貓回家後，媽媽總是一個人自言自語。小灰這才感到慚愧，他應該多幫媽媽一些忙，至少多傾聽、分憂解勞也好。

有時候，媽媽還會在颱風夜披上雨衣去找貓，確定牠們沒有受傷或被困住，才狼狽地回家。

如今，聽到藝寶與湘湘也滿口寵物經，小灰對媽媽能夠把愛延伸到街上的動物，更覺得肅然起敬。

「三平最近水喝太少了，天氣明明就變熱了，這樣會吃不消。要不要多花點預算拿去買罐頭，讓牠們配水喝？」藝寶問著湘湘，她卻苦惱地低頭不語。

雖伸手也拿了罐頭，但湘湘的視線仍鎖在乾飼料上。「可是，乾糧真的省好多喔……同樣是二十天份的食物，買乾糧能省四百多呢！」

「唉，每到這種時候，就恨不得能幫牠們找個不愁吃穿的主人。」藝寶望著湘湘為難的模樣，明白這種為五斗米折腰的痛苦。

「是啊，能吃好一點的貓食，對健康絕對有加分啊！可是，要送走牠們又很捨不得……會很想念牠們啊！」湘湘喃喃自語，彷彿內心正進行著一場艱難的雨中苦戰。「只能希望早日看到一個真的很棒很棒的主人，那樣我們就可以很甘願地放手，讓牠們尋找幸福了。」

「搞不好是妳太嚴格了……認養人都被妳嚇跑了。」藝寶苦笑地開玩笑，但湘湘卻激動了起來。

「我嚴格？要求認養人別把貓關籠，會很嚴格嗎？想想你好不容易來這世界上走一遭，整天被關起來真的開心嗎？還有，很多認養人都說要把貓養陽台，

七、祕密曝光

偶爾去陽台曬太陽很好，但一年四季每週七天都在陽台，會有多舒適？陽台很容易太熱又潮濕，也很吵鬧，很不適合養寵物欸！另外，很多認養人根本連打疫苗與晶片的觀念都沒有，家中的擺設與門戶也都很輕忽，萬一貓得病、摔落或走失出意外，又該怎麼辦呢？」

湘湘連珠砲說了一堆，轟得藝寶雙手遮耳，對著小灰吐了吐舌頭。

雖然湘湘咄咄逼人的模樣有點可怕，但小灰卻明白，那是天下父母心。

「很少在同年齡的女生身上看到這一面……」小灰想著，原來這就是「母性」。或許此刻正為了省錢的問題煩惱，但湘湘真的打從心底愛著她的貓。

最後，湘湘選擇先買兩週份的罐頭讓貓試著多喝點水，之後再跟爸爸拿錢，也算是妥協下的決定。

看到湘湘拿的罐頭，跟「披薩爸爸中途日記」粉絲團照片曾不小心入鏡的罐頭品牌一模一樣，小灰心底已經確定了，湘湘就是這個粉絲團的經營者。

而所謂的「披薩爸爸」，肯定就是湘湘與藝寶的爸爸了。

不小心發現了這個小祕密，小灰本來有些興奮地想直接問湘湘，卻覺得愛面子的她一定會生氣難堪，只好把話吞到肚子。

「既然不願意讓其他人知道，應該有自己的原因吧……搞不好藝寶也不知

道有這個粉絲團，我還是低調點，繼續幫湘湘保守這個祕密吧！」

「路上小心！學校見！」摸了摸自己滲出熱汗的平頭，小灰故作鎮定地對藝寶湘湘露出微笑，揮手目送兄妹倆騎車回家。

他沒說出口的是，自己的家距離這裡有三十分鐘的車程，這下子要搭公車回去了……

艷陽高照的日子，今天發生了好事。

穿著黑白制服裙的湘湘在外掃區的樹蔭下，拿著試作的鯉魚旗勞作發呆，原本是約好班上的女生嘉菱、小慈一起負責外掃區的，但她們兩位卻至今還沒出現。

要是平常，一板一眼的湘湘搞不好會衝到總務處請人幫忙廣播，把對方搞得尷尬又狼狽，但今天，湘湘只是邊拿著自己的作品邊等，臉上還掛起平靜的微笑。

三百公尺處，兩個慌慌張張的女孩正邊躲避著教官的目光，邊快速在走廊上奔跑。畢竟是非常時期，不跑不行了……

七、祕密曝光

「慘了慘了！什麼人不得罪，偏偏是那個孤僻又有殺氣的李湘涵！我們完蛋了！」

「還不是妳忘記帶作品，又折返回去拿，才浪費這麼多時間！」

「我至少有做完作品，哪像妳在早自修偷做，還只做到一半！」

說話的兩人正是與湘湘同組的外掃區佈置組員，嘉菱與小慈。她們平常就常和湘湘一起清潔外掃區的操場榕樹區，只要有遲到早退，湘湘從不給她們好臉色看，甚至曾經去報告老師，害兩人得在假日來做「愛校服務」。

這次不但遲到，還沒把佈置作品做完，嘉菱與小慈的心頭壓力已經到達極大值……

「嗨！嘉菱、小慈。」沒想到，今天湘湘竟用神清氣爽的笑臉迎接她們，而不是那副早熟的晚娘臉孔。

「嗨……」

「抱、抱歉喔，我們遲到了。」嘉菱、小慈雖是心中一驚，卻也知道該先開口道歉。

「沒關係啊！勞作來得及掛上就好。」湘湘竟然還露齒一笑！這更是平常絕對看不到的畫面。

就連她聽到小慈沒把分配好的作品數量完成，眉頭都不皺一下。

「是嗎？只做了三個，那我們就把佈置的距離拉長，看起來就不會有缺一角的感覺。」湘湘只是冷靜地指著樹叢的彼方。「總共預計會有十八隻鯉魚，我們把不同顏色交錯在一起，各自掛好吧！」

「是……是。」小慈沒想到自己免去一頓責罵，殷勤地拿出自己僅做的三隻魚掛上。

不一會兒，她低聲轉頭對身後的嘉菱說：「欸……湘湘是發生了什麼事？今天心情好成這樣。」

嘉菱搖搖頭。「我也不曉得……會不會是交男朋友了？」

「有可能。」小慈八卦地壓低聲音說：「其實……湘湘雖然氣勢強了點，人倒是挺漂亮的，留著那種清湯掛麵的短髮，又不讓大家知道她的臉書和ＬＩＮＥ，很會耍神祕嘛！男生們常常在背後討論她呢！」

兩人回頭打量著在遠處懸掛小鯉魚旗的湘湘，她滿面春風，一雙本來就很會說話的瞳仁，此刻也充滿著溫柔的光輝。怎麼看，怎麼稀奇。

雖然遲到了，但三人總算在打掃時間結束前完成佈置與清潔的任務。即使今天嘉菱與小慈仍舊偷懶地只掃了一個小範圍，拿著大竹掃帚狂掃樹葉的湘湘，

七、祕密曝光

看起來也心滿意足，連個埋怨的眼神都沒。

「看這樣子，今天我們遲到、妳又沒做完鯉魚的事情，湘湘應該不會再去打小報告了吧？」嘉菱偷偷問：「妳覺得，她的緋聞男友是誰呀？」

「大概是小灰吧！我常常看到小灰一直偷偷望著湘湘。不過，小灰那種土里土氣的男孩子，還真虧他吸引得到湘湘的注意。」

「嘿嘿，我也發現了，最近他們兩個真的比較常在一起講話。雖然湘湘仍是一副酷酷的模樣，但班上男生都很羨慕小灰呢！畢竟，湘湘可是萬年冷場王，記得嗎？阿韋之前找了很多話題故意跟她裝熟，全部都被打槍了。」

雖然若有似無地聽見兩個女生在談論自己，但湘湘並不在意。

畢竟，今天發生的那件好事，比這兩個八卦婆娘重要太多了！

一想到這件事，湘湘就感覺肩膀輕盈，未來充滿了希望。她滿足地欣賞著鯉魚旗在樹叢上飛揚的模樣，感覺長期以來的壓力，也飛到九霄雲外……

飛行中途日記

八、新希望

「什麼！找到三平和仙草蜜的認養人了？」琥珀瞪大眼睛，開心地望著隔壁攤車的阿健。阿健也樂得瞇起眼睛，用力地點頭。

還不等琥珀問，阿健便眼睛發亮地介紹道：「是一位住在內湖的小姐，擁有一間開幕兩年的咖啡廳，最近想轉型為寵物友善的咖啡廳，但沒有養過貓，所以遇到許多專業的中途不滿意她這點，都不幫她介紹寵物。」

「新手的話真的有點麻煩……不過感覺對方是老闆娘，有體力有財力，貓咪又能天天有人陪，聽起來不錯呢！」琥珀明朗地眨著漂亮的褐色眼睛。「寵物友善餐廳，是這一、兩年才紅起來的營業趨勢！因為國人養寵物的比率越來越高了，假日有地方能堂堂正正地帶寵物一起去、悠閒共度一個下午，是每位飼主的心願啊！」

「對啊！因為是寵物友善咖啡館，對方也預計會讓狗狗飼主進入，如果是怕狗的貓就不適合了。她看了我女兒經營的粉絲團，確定三平和仙草蜜不怕大狗，也不會故意去挑釁，所以才主動聯絡我們。她也有把她咖啡廳的照片寄給我們看，用的是上好的地板，窗明几淨，環境很棒呢！」阿健亢奮地說完，這才緩了口氣。

「光看對方寄來的照片，環境與財力就比我們家好太多了……我忙著賺錢，

八、新希望

也沒什麼時間陪貓咪們，能讓牠們去當店貓，每天聞咖啡香、不愁吃穿又有人長時間陪伴，一定會很幸福的！」

「哇，真替你高興，三平與仙草蜜也都是成貓了，能一起被領養、不用分開，真是太好了！」琥珀拿起擺在餐車前的小黑板。

「今天心情大好，我要作臨時促銷！每個飲品八折，哈哈！」

「唉喔，多謝妳替我這麼高興！若我不跟進打折，就太說不過去囉！」阿健也樂得拿出板擦，修正了今日披薩的價格。兩人如孩子們般手舞足蹈，附近的攤販還以為他們對中了樂透。

隔壁車賣三明治的鮪魚哥問：「阿健，琥珀，大呼小叫的是怎麼回事？中樂透了？」

「不是啦！」阿健回答。

「那就是……你們要結婚了？」鮪魚哥開起更誇張的玩笑，阿健正要配合地哈哈大笑，卻發現琥珀擺出冷淡的憤怒表情，眼中卻帶著幾分彆扭。

「幼稚欸！別開這種玩笑好嗎！」琥珀瞪著鮪魚哥，原本望著阿健的眼神也迅速抽走。

「幹嘛忽然這麼生氣……」鮪魚大哥對阿健尷尬苦笑。琥珀看似不氣了，

但也不解釋，低著頭忽然忙碌起來，彷彿在迴避著阿健的目光。

「琥珀，別氣啦！只是妳和阿健感情好，我們這條街的人都知道，開個玩笑而已！」鮪魚哥意識到琥珀是真的不開心了，整個人從餐車後走出來道歉。

「我很忙啦！不要講這些五四三的！」琥珀頭也不回的走到餐車車廂後，用力地搬動著冰盒、拿出鏟子攪冰，發出極大的煩躁咖咖聲。

「琥珀怎麼一說到結婚的事情就這麼生氣，難道是因為被說成要和『我』結婚，才不高興啊？唉，我也挺失禮的。是不是該說點什麼安撫她？」阿健擔憂地望著沉默的琥珀。

總是畫著銳利眼線的琥珀，若是不笑，模樣簡直跟她手中的冰塊一樣刺骨寒冷。

阿健也不曉得該怎麼辦，只好先忙著餐車的整理。

「很少看到琥珀這個樣子……原來她平常總是一直對著我笑，不笑時才會讓人這麼不習慣啊。」

想想彼此也算是「同事」，而這世界上的同事有多少是能整天都笑顏以對的？無論面對什麼困難，琥珀總是認真地傾聽阿健，給出許多實際又不失活力的建議。就連平常沒什麼大事時，兩人的聊天打屁，也讓冬冷夏熱的擺攤工作顯得

八、新希望

不那麼辛苦。

阿健正在恍神之際，身後傳來琥珀憂愁的詢問。她的神情彷彿一個大學女生般稚嫩又尷尬。

「那個……剛剛鮪魚哥說的事情……很抱歉。他很愛亂開玩笑。」

「喔喔！」沒想到琥珀會先來道歉，但阿健根本不懂她為什麼需要道歉，只是一頭霧水地望著琥珀。

沒說兩句，琥珀又偏開頭，雙手閒不下來，猛擦著放置冰品的不銹鋼架。

「琥珀，不需要道歉啊！」阿健仍非常困惑。

琥珀只是淡然回答：「當然要道歉，我造成你的困擾啊！」

「沒有啊！」

這段對話暫時無疾而終，一旁的鮪魚也不敢再說話，裝忙起來，繼續販售三明治給路過的學生們。

人潮一批批湧來，阿健與琥珀這一忙就到打烊。

「掰掰喔！明天再聽你分享認養新主人的事！」琥珀把頭探出車窗打完招呼，就開著餐車離去了。

阿健總覺得這個傍晚的收尾有些不太順暢，但琥珀看起來也不像生他的氣，

阿健只怨自己口拙，沒來得及解釋什麼。

「搞不好，琥珀反而以為我在不開心。唉，我也很不會應對，真是對她不好意思。」

回家把這件事說給孩子聽，藝寶只是笑阿健愣頭愣腦，湘湘則低頭不語了一陣子。

最後，她緩緩開口。「琥珀阿姨應該是太在意你的反應了吧？而且，她平常都聽你訴苦，你好像也不怎麼關心她其他的事情，如果是這樣的話，我覺得她才應該生你的氣才對。」

「我也覺得我很沒用，老愛找琥珀抱怨，讓她當我的垃圾桶。但她每次都聽得很開心的樣子啊！不管我說什麼，都會給我正面的回應！」

藝寶望向湘湘，忽然賊賊一笑。

「怎麼樣！這是什麼笑容！」阿健一把勒住兒子的脖子。

「咿！不能呼吸了啦！」

「哈哈，你發出豬叫聲欸！」湘湘也被藝寶脹紅臉的模樣逗笑了。難得今晚氣氛如此喜樂，都是因為，新的認養人帶來了新希望。

飯後，父子三人也圍在客廳，用筆電欣賞認養人新傳來的照片。

八、新希望

湘湘臂彎中抱著三平與仙草蜜，兩隻貓發出難得的呼嚕聲，很喜歡被擁抱的感覺。

「哇，能在這麼漂亮的咖啡廳當店貓，真是幸福呢！」

「這間咖啡廳開好幾年了，網路上的評價也很好，這邊還有客人與認養人的合照。看模樣是個很有水準的小姐嘛！」阿健特地去「咕狗」了一下咖啡店名，越看越安心。照片中的圓臉長髮女性戴著白色鏡架，表情很溫暖，同時也有著女強人的一股氣場。

「這位楊小姐好像真的不錯，剛剛她又傳來居家環境照片，木地板很漂亮，妳看這個地毯，應該不便宜吧？冬天還有暖氣，夏天睡空調房，太幸福了！她連貓飼料都想好了，要買最高級的呢！將來聽說還會訂製專屬的貓跳台，讓貓咪運動！」連挑剔的湘湘也想不出什麼負面的話，眼睛閃動著雀躍的光芒。

大約晚上九點時，阿健親自與楊小姐通了電話。楊小姐笑聲不斷，聽起來是很開朗的人，主要在意的是貓咪的個性與習慣，阿健也一一用有趣的方式解讀。

「牠們不怕狗，但也不會主動挑釁狗，會自得其樂，所以真的很適合當店貓喔！」阿健也彷彿在推銷自家果園的蓮霧般，猛說三平與仙草蜜的好話。

「哈哈，那真是太好了！其實我很想早點接牠們過來，但是週末人特別多，我得上班顧店，平日的週一我放假，但很多擔任貓中途的送養人卻要上班，無法配合……」

「不管是星期幾，我都可以配合喔！我是自由業，時間很彈性！我可以送貓到內湖去給妳！」阿健熱情地說。

「哇，真的嗎？太好了！看來我真是命中註定要養三平和仙草蜜！」電話那端傳來楊小姐的輕盈笑聲，讓藝寶與湘湘都好開心。

「好，那接下來我把送養切結書用電子檔寄給妳，妳記得先印出來，當天簽名蓋章，我也想請妳影印一份身分證影本給我，當然，我也願意跟妳交換影本。」

「哦……這樣啊！」楊小姐難免覺得有些麻煩，但也明白送養人深怕遇到問題飼主的心情。為了保險起見，送養者多半會用切結書的方式保障動物，裡頭也交待了日後可能會約時間作探訪、以及萬一故意讓貓兒走失、受傷、死亡、遺棄，等會有罰金等細項。這些都是為了達到警惕效果。

聽了阿健解釋後，楊小姐也回答：「嗯好，我會先準備的！那就當天見喔！」

八、新希望

「哎唷，你們要好命啦！感謝上帝默默幫我們安排！」掛上電話，阿健不捨又期待地摸摸兩隻貓兒的頭。

心頭大石終於放下，阿健立刻與孩子們擊掌。金星則逗著三平與仙草蜜，直到牠們一溜煙跑回空書架上休息。

「到了新家，一定能幸福的。」湘湘安心地想道。睡前，她去洗了個熱水澡，因為太過開心，還不小心在浴室裡唱了歌。

這還是媽媽離世之後，湘湘第一次把這個習慣帶到新家來……想著想著，她忽然好愧疚。明明媽媽才走一年多，自己竟然就能這麼高興。

「不，媽媽要是在我身邊，一定也會替貓咪找到新家的事情高興的。」湘湘在陽台擦著頭髮，把一身的熱氣掃空。初春的薰風襲上陽台，看得到一樓外頭的情形。

雖然爸爸與藝寶還雀躍得靜不下來，但父子倆可沒忘了睡前的例行公事，用裝有夜視鏡頭的空拍飛行器掃視整個果園。

畢竟上次的宵小一直都沒找到，還在空拍器首開機當晚又發生了入侵事件。阿健每天都不馬虎，他甚至和藝寶說好，要每天都挑不同時段巡邏與熄燈，以免宵小掌握了他們家的作息。

有時候，即使入睡了，阿健也會把客房、廚房與一樓外頭的大燈打開，黎明下樓上廁所時才熄燈。

湘湘走進房，隔窗望著空拍器在偌大的果園上方飛行，一面用吹風機吹著頭髮。

「奇怪，怎麼忽然有陣臭味……快喘不過氣了……」

「嗚……」樓下傳來金星的躁動嗚咽聲，湘湘連忙下樓查看動物。

「來，先去廚房後門！那裡味道比較淡！」一面把動物帶到通風較好的後門，湘湘發現這是陣焚燒東西的煙味，從南方傳來，才會直衝房子大門方向。

「誰半夜在燒東西啦！真是蠢材！這時間又不能打電話報環保局，真可惡！」藝寶也摀著口鼻逃進來，只有阿健仍戴著口罩，繼續留在外頭，用搖桿操作著空拍器。

「爸不進來啊？」湘湘只好當機立斷，先關上大門。

「咳咳咳……爸爸說要用空拍機找出燒東西的人啊！」藝寶聳聳肩。「真是過分，憑什麼要大家聞他們家燒的垃圾啊？」

「你怎麼確定是燒垃圾？」湘湘問。

「一定是啊！不然還能燒什麼？」

八、新希望

姊弟倆一面安撫貓狗與鳥兒，一面躲在廚房後門，等著風向改變，將氣味吹散。

直到阿健也受不了，拿著空拍機衝回家門。

「不確定有沒有拍到，太暗了，夜視鏡頭應該也無法把煙霧拍得很清楚。明天再請環保局調查吧！」阿健安撫兩個孩子，把電風扇都搬出來打開，總算在二十分鐘內將難聞滯悶的氣味吹散。

隔天，阿健一早就騎著機車往南，一路經過公有水利地、河堤與新建商蓋的豪宅區、鄰居農地，終於找到昨晚可能的煙霧來源。

「原來，有人在這裡砍樹來焚燒啊！」荒地上有著一大片的焦黑痕跡，要阿健不錯過也難。

「真是的，如果是堂堂正正的用途，為什麼不請環保局載走呢？」

阿健拿出手機拍了幾張照片，四下無人，但他可不想被奇怪的人物盯上，決定偷偷舉發。

一回家，孩子們才剛起床，阿健就忙著把焚燒樹木的照片上傳到環保局的檢舉網頁，並清楚描述了昨晚焚燒的氣味、時間長度等細節。

一身整齊體面制服的湘湘問：「爸，你都弄好了喔？」

「是啊，來，先送你們上學囉！晚點再回來處理果園和披薩。」阿健的一天其實也十分忙碌，所幸隨著產季來臨，荷包會漸漸飽滿。目前的披薩生意也逐漸上軌道，雖然薄利，但多銷仍帶來不錯的成果。

平常藝寶與阿健共同管理披薩餐車的粉絲團，而中途之家的寵物近況，則由湘湘進行。

阿健最近也會開始用空拍機寫日記，並分享到自家披薩粉絲團上。

他一開始會註冊影音頻道帳號，是因為先前要回報可疑影像給環保局，直接傳影片再給連結位址較為方便。但平常這個頻道除了用來紀錄可疑的人事物之外，也有果園的美景。

阿健發文道：「這是今天空拍機在店長家附近拍到的美景，跟各位分享。」

因為養成讓斑鳩小斑在果園中放風飛行的習慣，阿健與藝寶也將斑鳩小斑跟著空拍機飛行的悠揚鳥瞰影像，剪輯成一個兩分鐘的版本，不料因此意外地結識許多空拍機同好，他們紛紛在網路上留言，鼓勵阿健繼續更新空拍日記。

「哇，新傳的影片人氣怎麼這麼高啊！」阿健一問之下，才知道知名的空拍玩家和某個新聞粉絲團都分享了他的影片。

「趁網友現在關注我們，乾脆把影片分享到你的披薩餐車網頁上吧！」藝

八、新希望

寶此舉，又瞬間讓披薩粉絲團暴衝了幾百個讚，還有很多空拍機同好，說要來捧阿健餐車的場。

「真羨慕您住在一片藍天綠地中，又有各種動物陪伴，不像我們一般都躲在水泥叢林，要玩空拍機都得跋山涉水，很怕影響到城市的公共安全，玩空拍的確得小心啊。」

都市裡有捷運、有高樓、有電線、有人群、甚至有飛機航線，的確不能想玩就玩。阿健沒想到原本只是用來行防護之實的空拍機，竟會成了他與藝寶的新嗜好。

連帶地，披薩粉絲團也出現了人氣水漲船高的狀況。

因此，阿健在送孩子上學的駕駛途中，誇口道：「最近新口味即使不用特地促銷，都會賣光！照這個氣勢下去，我暑假就能給你們一人一支新手機囉！」

「是蘋果嗎？」藝寶故意問。

「當然不是，手機能用就好了！一般國產品牌就好了！」阿健瞇眼一笑。

湘湘知道爸爸難得在物質上做出許諾，他一定是對自己有信心，才會主動允諾要買手機。

國產手機已經夠功能齊全，可以改善生活品質，再說，一次買兩支手機，費用也不便宜。

「爸，真的很高興你的努力有回報。」湘湘對駕駛座上的阿健微笑。

「果然是我的女兒最貼心。爸爸會繼續努力的！」

光想到下週一就可以把貓兒送養到對的家庭，全家的心情都一陣輕盈。

九、陰雨台北旅

春天是蓮霧長新芽的季節，再過一、兩個月，就能看見長長的粉黃花蕊在春風中搖曳，之後，就迎來蓮霧盛產的夏天了。

灑水除草、監控土壤，是阿健每天必要的工作，還好有年資最長的亞麗姨與阿銀嫂陪同，讓果園的工作有效率地完成。

中午時刻，阿健停下來喝水時，才發現手機有三、四通未接來電，全都來自一個不認識的手機號碼。

回撥之後，才發現是環保局的來電，對方報上了名號。

「您好，我們上午去看了您傳的焚燒照片現場，不過沒有發現焚燒的痕跡。想再請問您確切的地點，無奈您一直沒接手機，我們只好先打道回府。」

「喔喔……」阿健只好再將地點描述了一次。

此時，電話換成了一個女的，聲音聽起來像個大媽。

「請問您是附近住戶嗎？」

「呃，嗯……」雖然阿健想保障自己的隱私，但想想檢舉網站的必填項目中，都有自家住址了，此時撒謊也沒什麼意義。

此時，電話那端的大媽繼續回答：「李先生，您說聞到的焚燒味有化學味道，但舉報的照片中看起來只有樹木枝幹的焚燒痕跡，應該來源不同。」

「所以……所以呢？」阿健心想不妙，對方應該是想搪塞他的報案。

「因為空氣污染會隨著風向和時間消散，很難蒐證，我們也只能去逮現行犯，所以請您往後有看到可疑之處再馬上打來，我們會有專人去現場調查。謝謝。」

「謝謝。」阿健也糊里糊塗地順著對方的語氣道歉，直到對方掛上電話。

「不對吧！環保局做事都這麼隨性喔？應該要先報上員工身分、用登記過的官方電話回電才對啊，怎麼還讓我自己打電話過去問狀況？算了，剛才沒接到電話我也有不對。」阿健不希望為了這點小事情毀了好心情。

看到他為難的模樣，一旁喝水休息的兩位姨嬸以為是在詢問前陣子宵小的事情。

「那個偷進果園亂放農藥的傢伙，還沒抓到嗎？」阿銀嬸率先問：「我聽說上週隔壁的蓮霧園也發生類似的事情，但對方有很多工人，財力也多，不曉得誰會去故意招惹他們。」

「嗯……可是，」阿健雙手抱胸，緩緩推敲道：「附近種蓮霧的就我們這幾家了，如果先害鄰居，一定會被懷疑到自己頭上，我覺得事情沒這麼單純。」

「你是說，外地人特地跑來搗亂？」亞麗姨瞪大眼睛。

「會不會是知道我最近買了監視器，才比較不敢來？」阿健望著先前哥哥派人來安裝的監視器。

本來想提到空拍器，但最近看新聞說，空拍器可能會影響到鄰居隱私，阿健決定還是別張揚。

「就只能先當作祕密武器了。」

忙完半天的農活，阿健趕回家裡躺了半小時，隨後又起床備料、烤披薩，開車去市區搶下午茶與晚餐的生意。

出乎意料地，今天琥珀擺攤遲了一小時。

「發生什麼事了嗎？」

「沒有，下午我爸爸忽然來找我。十年前我爸、媽離婚之後，我爸那邊的人就很少主動過來了，沒想到今天忽然跑來，說要幫我介紹對象。」琥珀苦笑道：「真的好煩！害我差點來不及備料，妝也是剛剛在等紅燈時隨便上一下，哈哈！」大概是因為生活步調被打亂了，琥珀今天沒像以往那樣上了幾層精緻的全臉妝容才現身，而是淡妝配上細細的眼線，睫毛膏與腮紅沒上，模樣反而年輕許多歲。

「今天這樣，不會不好看喔！」阿健認真地稱讚，琥珀連忙擺了擺手，回

九、陰雨台北旅

去顧店。

其實來這裡擺攤的人，一開始都不是將餐車老闆當作人生的志業。多半是生命中出現了意想不到的轉折，又逐漸找到自己的目標，才會如此談得來吧！

琥珀也是如此。長期以來她從學生時期就獨立賺錢，養活母親，在父親長期不養家的狀態下，母女們要自立生活並不容易。除了搬家、買家具，在這個城市勉強安頓下來，不知不覺也積欠了些債務，追著鈔票跑的生活，讓她至今未婚，原本論及婚嫁的男友也另結新歡，跑到中國去了。

大概是屬於過去記憶中的人又忽然現身，才讓琥珀心煩意亂，氣色不好。

「其實，自從火災、我老婆離世之後，我老婆娘家的人也對我不太諒解，有一次過年過節大家談起資助我經濟的事，我太愛面子，不小心就跟大家翻臉。現在想想，孩子們也已經一年多沒去娘家那裡的任何聚會了。」阿健想起來，忽然感到很無所適從。

「我以過來人的身分，建議你還是讓孩子自己作決定就好喔！」琥珀疲憊地苦笑。

「無論是讓他們回去跟外公外婆過年過節、見見表哥表姊，還是持續現況，都由孩子們自己決定吧！像我，雖然會想念爸爸那裡的親戚，卻又覺得彼此不聯絡，能讓生活簡單很多。以前還會想主動聯絡，跟他們解釋我與媽媽搬走的動機與近況……但似乎也錯過了時機，現在見面也只有尷尬而已。」

「是啊。」阿健摸了摸後腦杓。「雖然我沒有特地鼓勵孩子們回到以前的生活，但我想，他們一定會想念那些老親戚老朋友。也許是因為顧及我，他們反而犧牲了自己的需求，我應該鼓勵他們多多去做心之所向的事！一味地捨棄過去，不該是他們的責任啊。」

想想因為那場意外，使自己成了單親爸爸，至今都還在學習適應，更不用說孩子們了。

「琥珀，每次跟妳聊天，即使是簡單的聊聊，心情都能很快穩定下來呢！」阿健真誠地望著琥珀。

「哎唷，忽然說這句話是怎麼樣？是聽到我爸要給我介紹結婚對象的關係嗎？」琥珀忽然打趣道，可是阿健卻不明白她說這話的關聯，愣住了。

「哈，沒事沒事！就當我沒說喔！」琥珀背過身去忙碌著，只默默希望臉上的紅暈，阿健沒有發現。

九、陰雨台北旅

終於到了最期待的這天！阿健一家人要開車前去內湖，親手把三平、仙草蜜送給開咖啡廳的楊小姐。

光是這個週末，大家就忙著整理貓咪們的家當。湘湘更花了兩小時，在紙上撰寫三平與仙草蜜的照護狀況，如預防針都在幾月施打、平常習慣的飼料牌子、不喜歡吃的東西、其他的居家小習慣等等。

「楊小姐，我們要出門囉！」因為約定的時間為早上十點，阿健一家出發時才只是早上七點，顧慮到她可能還在休息，便用語音信箱的方式留言給對方。

「好久沒出遠門了！真開心。」

連斑鳩小斑和金星都窩在餐車上，一家人浩浩蕩蕩地出發。雖然平常沒什麼共同的外出休閒娛樂，這次出遊也只有中間在休息站停了一下，但吃著休息站熱騰騰食物的藝寶、湘湘，都露出燦爛的笑顏。

再度上路之後，阿健望著一路向北的高速公路路標感嘆。「真的是好久沒上北部了……一年多有了吧。」

「是啊！上次是跟阿公阿嬤過年的時候囉！」藝寶無心地提起，湘湘臉上立刻出現悵然的表情。

她轉頭，望向外出籠內有些緊張的貓兒們。

「明天起，就看不到三平和仙草蜜了。」

空氣中瀰漫著一股凝重的氣氛。

「什麼啊，還是可以看到牠們啊！不是早就加了認養人和她丈夫的臉書？他們會繼續更新貓咪照片的。」藝寶也連忙用高亢的語氣掩飾心中的不捨。「難道，妳要繼續讓牠們在我們家，過著很勉強的日子嗎？」

「當然不是啊……」湘湘紅著眼眶。「是單純很捨不得牠們而已。也不知道牠們會不會忘了我們……不，也許忘了我們比較好。如果三平和仙草蜜在新家卻一直想要回來，住不習慣，甚至以為是我們遺棄了牠們，這樣牠們一定會很困惑。」

「是啊，對於我們這種當中途的家庭，顧名思義就只是寵物們生命中的一小站，過站不停本來就是正常的，牠們會記住目的地，一輩子開心就夠了。」阿健握著方向盤，自己也淚眼婆娑。

其實他雖相信認養人會好好待牠們，卻恨不得天天都能裝監視器監看認養人是否有疼貓咪，然而，也是時候該放手了。

為了邁向未來，放手是必須的。

九、陰雨台北旅

車子往北，駛過漫長的高速公路。到達目的地時，只比預定的時間晚了三分鐘。

「咦，巷口的就是那間咖啡館吧？」

因為週一慣例為休館，鐵門拉上是可預期的，但整體氛圍比湘湘他們在網路部落客食記上看到的，要滯悶許多。

天空微雨，咖啡廳外的木板露台也濕漉漉的，顯得有些狼狽。銀色鐵門外貼著今日公休。

「好了，我們到了，打電話給楊小姐吧！她說過她就住在附近，會跟我們約在咖啡館，也順便帶我們看看貓咪以後的環境。」阿健拿出手機。

湘湘連忙拿出小鏡子整理頭髮，藝寶也打開外出籠的籠門，輕輕撫著貓咪們。

「嗚……」金星大概是因為想上廁所，在後座發出煩躁的聲音，關在籠中的小斑也啄著籠門想出來。

「你們啊，也捨不得三平和仙草蜜嗎？」藝寶偷偷望著湘湘的煩悶臉色，邊用手搔搔金星厚實的大頭。

「她沒接欸，直接轉進語音信箱。怎麼會這樣……」阿健伸了伸因長途駕駛而疲憊不堪的雙臂，掛掉電話。「我換打咖啡館的室內電話，搞不好人在店裡。」

「台北人假日都睡到很晚，她自己約十點的，應該不會起不來吧？」藝寶焦躁地抱怨道：「我們都已經起大早把貓送來給她了，她還不準時，是不是太沒禮貌啦！」

湘湘感覺心情浮躁不已，聽到藝寶這樣念當然更煩。

「不要吵。再等等看。」阿健花了十多分鐘重撥電話，但換來的是毫無回應，音訊全無。

「可能真的睡過頭了，應該不是不想養吧？」終於，阿健心中有了動搖。

「不會吧！前幾天明明那麼熱情，若是不想養，會先講吧？」湘湘也無法理解對方的邏輯。

「大概真的睡過頭囉，平常開店很忙，會偶爾睡過頭個一、兩小時也有可能。那我們怎麼辦？先去吃午餐嗎？」藝寶問。

「找找看這附近有沒有能帶寵物進去的餐廳吧！我們邊吃邊等。」阿健打開手機上網功能，與藝寶一起研究。

「那我先帶金星去附近解放一下，牠憋尿憋很久了！」湘湘提起牽繩，和

九、陰雨台北旅

金星一起離開車子。

原本車內沉悶浮躁的空氣，轉為清新的微雨氣息。

湘湘深呼吸，告訴自己一切都會沒事的。

「希望對方等等趕快來接貓……不，不來接也沒關係，我們也養得起。隨遇而安吧！」人越是無法接受現實時，總會越在腦中推演著各種可能性。

湘湘緊皺著眉頭，步伐越來越快，不經意地讓金星領著自己穿越了陌生的街口。

「哎唷！什麼殘障狗啊！看路好嗎！」一位撐傘的中年婦女嫌棄地閃開金星。

「這麼髒的狗……欸欸，輪椅的水濺到我了啦，怎麼牽的啊？」

「抱歉！」湘湘拉住金星，想要牠先讓對方通行。

沒想到這位婦人看金星身上的虎斑條紋不順眼，認定牠是髒狗。

「剛剛巷口那個大便是你們這隻髒狗拉的吧？怎麼不清啊，以為沒人會發現是不是？」

聽到狗被誤會，湘湘立刻擺出臭臉。

「什麼？我們剛剛是從那條街來的喔！不要栽贓給我們。」她舉起手上的綠色環保撿便袋。「我們都會撿狗便，用的還是會自行分解的環保袋，妳沒證據就不要亂說！」

婦人無法證明什麼，只好罵著狗臭、狗髒，惱羞離去。

湘湘拉著金星，順著原路慢慢走回去。此時，藝寶也撐著傘跑來找她。

「怕妳不記得路啦！來接妳！」

「怎麼這麼貼心……」發生了一連串不順心的事情，湘湘承認，看到藝寶的傻笑，讓她打起了精神。

替金星擦好腳後、挪好輪椅後，兩人回到車上。

「妳還好吧……」藝寶揉揉湘湘的肩膀。「很生氣嗎？」

「是啊！全世界不把動物當回事的人都可以去死了！」湘湘板起臉罵道，只想把那位婦人和不接電話的認養人都叫來撞牆。

個性大剌剌的她，說氣話也只是抒壓的一種方式。藝寶和阿健自己心情也好不到哪去，聽在耳裡倒覺得暢快。

「好啦，別管他們了。我們就當來台北旅行吧！既來之，則安之！」阿健長嘆一口氣。「先祭祭五臟廟，晚點再想想怎麼辦。」

他們找了第一間寵物友善餐廳沒開，第二間倒是一間貓餐廳，戴著小圓眼鏡的白鬍子店長親自跑出來看了金星，確認這頭大狗能保持不吵不鬧，才讓牠進

九、陰雨台北旅

入充滿貓咪的餐廳中。

三平很樂地衝到櫃台上交朋友，害羞的仙草蜜則依偎在外出籠，不理會餐廳的其他店貓。

雖然店裡只在中午時段販售輕食，但聽到阿健一行人遠從中部上來，店長熱情地破例，為他們炒了義大利麵，還端出下午時段限定的鬆餅與墨西哥烤餅。因為阿健本身也喜歡義大利料理，更與白鬍子店長熱情地交流心得。

「我還是不甘心。」湘湘不忘繼續撥打認養人楊小姐的手機。

接下來的五通電話，都進了語音信箱。

「怎麼會有這種人啊！真過分！虧她還是咖啡廳店長，想開什麼寵物咖啡廳！」湘湘暴怒地掛上電話。

「噓，小聲、小聲點。」藝寶先是用力地壓住湘湘肩膀，又改為輕輕幫她按摩。

「是我不對，我在人家店裡大小聲……」湘湘失策地扶著額頭。

「其實，我倒有個辦法。」藝寶小心翼翼地看著湘湘的臉色。「我們難得來台北，要不要順便去阿公阿嬤家坐一下？」

「什麼！會不會太唐突了啊？」

「不會啊！擇日不如撞日，雖然一年沒見，但我們先打個電話去嘛。對方還覺得我們失禮的話，就沒辦法了。」藝寶看到湘湘蹙眉深思的表情，就知道她已經接受了這個主意。

湘湘遲疑地望著阿健，緩緩開口道：「爸爸上次鬧得不愉快之後，經常『說不用特地北上也罷，平常也不用報平安討好阿公他們』，還說過『我們在中部住得舒服就好』……我們就算忽然想去，也要考慮爸爸的心情啊！何況，帶著一堆動物過去好像也不太禮貌……畢竟阿公阿嬤沒有很喜歡貓、狗，表哥的小孩也很怕狗。」

「姊……」藝寶深呼吸了口氣，將憋在心底很久的話說了出來。

「我從以前就覺得妳好狡猾喔！每次都優先顧慮到別人、想東想西的，一下怕這個人難過，一會兒怕那個人麻煩……妳多信任我和爸爸一點好不好？別每次都一個人扮演犧牲求全的角色，妳沒發現，平常妳的不滿都寫在臉上，要看妳真心笑一下，都好難喔！」藝寶握住她肩膀的手，透過一陣暖度。

那是方才握住溫熱咖啡杯的暖意，傳遞到湘湘的心底。

湘湘總覺得藝寶淘氣，阿健少根筋，於是自己自然要扮演著為他人著想的成熟角色，孰不知這只是在滿足自己的虛榮心……真正的她，一點也不體貼，連

笑容都十分吝嗇。看在弟弟與爸爸眼底，自己的不滿，完全都瞞不住。

正是因為被說中了，才不願意回嘴。湘湘沉默不語，輕輕地將籠中的仙草蜜抱到腿上。

仙草蜜彷彿根本不知道今天自己為什麼出遠門，十分疲倦僵硬的牠一到湘湘手上，就信任得放軟毛茸茸的身子。

「仙草蜜睡著了。」藝寶輕聲笑道，與湘湘交換了個幸福的莞爾片刻。

湘湘拿起手機，平靜地將楊小姐的電話號碼刪除。

飛行中途日記

十、意外的收穫

用過餐，全員終於安頓好，金星與貓兒都入睡了，小斑則津津有味地吃著麵包屑。

「接下來要去哪裡呢？」阿健一屁股在駕駛座上坐穩，轉過頭望向孩子。

藝寶用鼓勵的目光看向湘湘，而她正想著該怎麼啟齒，阿健則換了一個淘氣的語氣。

「那就去……阿公、阿嬤家好囉！」

「爸……你怎麼知道？」孩子們異口同聲地問。

「傻瓜，爸爸剛剛雖一面和店長聊天，但你們說的話我都聽到了。」阿健轉過頭，凝視著湘湘的眼睛。

「湘湘……很抱歉，爸爸總是自說自話，沒認真和你們討論過未來要怎麼和阿公、阿嬤聯繫關係，雖然我沒有禁止你們跟媽媽的家人往來，卻也沒有鼓勵，這真的是很不負責任的作法。我想，現在我們就打個電話過去，問問看方不方便拜訪吧。機會難得，看來今天這趟外出，是上帝用心的安排呢！」

阿健說回這番話，感覺原本猶豫怯弱的心情也轉變得積極起來，不給自己猶豫的空檔，他立刻拿出手機，撥出那個一年未打的號碼……

「喂？請問找誰？」電話傳來一個困惑但有禮貌的女性長輩聲音。

十、意外的收穫

「媽，我是阿健，孩子們說難得來台北，想去拜訪一下，如果方便，下午可以一起喝個茶嗎？」

「阿嬤——」藝寶見到湘湘仍在皺眉苦思的龜毛模樣，連忙親熱地接過電話。「我和姊姊都很想念阿嬤喔！抱歉搬去中部之後一直忙著唸書，沒機會特地上來，希望今天可以見面！」

藝寶率真熱情的語氣立刻感染了阿嬤。

「傻孩子，當然可以啊！阿嬤想死你們了！要不是怕你們爸爸麻煩，真想常常見見你們呢！」

阿健愧疚地低下頭，柔聲說：「那媽什麼時候方便？我們今天也剛好帶了動物來……希望不會太打擾。」

「動物？哦，只待一、兩小時沒關係的啦！隨時都方便！我去叫老伴來，你們要快點到啊！」

阿嬤的殷切催促，讓孩子們笑出了聲。

湘湘吞了吞口水，這才發現自己方才幾乎都在屏氣凝神，不曉得在緊張些什麼。或許就是所謂的『近鄉情怯』吧？哽在喉頭上的苦意頓時消失了，一直埋在心底沒說的願望，也忽然間實現了。

原來再見到阿公、阿嬤，根本不是什麼比登天難的事情。

「放輕鬆啦！」藝寶按了按湘湘的後頸。「不要把事情想得這麼嚴重。」

「是啊，湘湘，有什麼事情都要第一時間跟爸說，爸沒想到的，妳還故意放在心底，這樣不只苦了妳，也害得我很糗啊！」阿健打趣道。

他心底也下了個決定。見到岳父、岳母時，無論他們是否仍對自己目前的工作與經濟狀況不滿，他都要抬頭挺胸，充滿耐心，不卑不亢地撐過去。

老人家都只是關心，這是阿健一直都知道的道理。

金星與貓兒們舟車勞頓，十分疲倦地趴在阿公、阿嬤家的地磚上納涼，斑鳩也待在自己的小籠子打著盹。貼著草綠壁紙的客廳，傳來孩子們的笑語，阿公與阿嬤還端出一堆水果與禮盒，要給孫兒們帶回去。

「現在生活還好吧？有需要隨時跟我們說一聲，別苦到孩子了。」阿公仍開口閉口談錢，以往阿健聽了會覺得自己的能力受質疑，但今天，他學著只就事論事。

十、意外的收穫

「謝謝爸關心，錢還夠用。」

阿嬤也問著：「補習費和學費沒問題吧？現在孩子們的教育比以往更花錢了。湘湘和藝寶都很優秀，要好好栽培啊！」

「藝寶和湘湘總是顧慮到我，想學什麼也不好意思說，目前有給他們補數理，英文則靠自己加強，還好網路上很多免費的資源，他們會自己去收看美國影集，收看歐美部落客的影音頻道，追蹤好萊塢新聞。」阿健老實地說出現況，雖然知道老人家總能在雞蛋裡挑出骨頭，但也總比什麼都不說來的好。

阿健坦蕩蕩的神態，與先前處處充滿防備與壓抑怒氣的行為不同，讓阿公、阿嬤暫時也無法指責他什麼，轉而與孫子、孫女閒話家常。

看到湘湘與藝寶露出好久不見的微笑，甚至說要在暑假北上來阿公、阿嬤家住幾天，也讓阿健覺得，多些人愛著孩子，其實並不是壞事。

「慢走啊！車子慢慢開！萬一找不到國道三號入口，再來電問阿公！」兩老逼孩子們提了一堆水果、食品禮盒離開，阿健則把動物安頓好後，又不死心地望著自己的手機。

上國道前，他打了最後一通電話給認養人楊小姐，依舊是語音信箱。

這樣也好……阿健默默想道。

「走囉！孩子們！我們回家！」阿健踩下油門，陽光一笑。

雖然是一趟期待落空的台北行，卻也帶了滿滿的收穫回家。真是意想不到。

「最棒的是，就是今晚還可以抱著三平和仙草蜜，一起窩在沙發上看電視。」湘湘幸福地望著籠中的貓咪。

「唉……但是，又要想辦法籌錢養牠們了啊！」藝寶故意說了潑冷水的話，在一旁賊笑。

「錢不用擔心，爸爸會想辦法的。」

「爸，你每次都這樣說。」藝寶回嘴道。

「是啊！但我也的確每次都想出辦法了，不是嗎？」阿健放開心胸，眺望著午後終於放晴的天空。

這趟台北行之後，他的心情也變得更加篤定踏實了。

今天的電腦課上，老師因為出差而遲到了十分鐘。大家紛紛狂用公用電腦上臉書，湘湘也打開螢幕，望著一個粉絲團的網頁，雙眼冒火。

自從去台北回來後，雖然同學們仍沒感受到湘湘的情緒有特別的變化，但

十、意外的收穫

心細的男同學小灰倒是有注意到，湘湘的臉沒往常那麼臭了，變得很容易因為小事微笑。

「但這跟前幾天動不動就開朗燦笑的神情，又不太一樣……」小灰猜測著：「看來昨天週一湘湘請假一天，絕對不是生病，而是去處理什麼事情了。」

或許跟現在望著電腦螢幕，滿面怒容的神情有關。

彼此也沒以前那麼不熟了，還是開口問一下比較好。小灰緩緩地用電腦椅朝湘湘滑了過去。「湘涵同學……昨天聽說妳請事假，一切還好嗎？」

「我們全家人去台北辦事。」湘湘望著粉絲團網頁，依舊是個省話一姐。

小灰知道，她一定又不高興了。他偷偷打量著湘湘看的網頁，是個位於內湖的咖啡館。

「今天真是好天氣！經過昨日的休息，店長充好電了！本週薰衣草拿鐵九折優待，大家記得來坐坐！」粉絲團於兩小時前發了這則狀態，配上一幅美麗的飲品特寫，彷彿能感受到咖啡館的悠閒氣息，伴隨著香氣四溢的薰衣草味，裊裊飄送。

小灰不懂這則圖文有什麼讓人好生氣的，不解地望向湘湘。

「湘湘，妳是想去這間咖啡館喝茶嗎？」

「哼！誰要去這種沒良心的爛店！」湘湘的白眼差點翻到後腦杓去。

「這……」很少看到文靜的湘湘氣成這樣，小灰知道其中必定有原因，眼角餘光瞄到該咖啡廳圖片下有一段留言……留言者正是湘湘本人。

「店長楊小姐！約好昨日來領貓、讓我們全家特地花三小時北上，貓都運到妳店門口了，打妳十幾通電話都只到語音信箱是什麼意思？到現在都不主動聯絡，倒是有時間發文嘛！當我們超商嗎？不想付錢就可以不必取貨？若有要送養貓狗的中途們，請注意此間咖啡廳的惡劣態度！號稱寵物咖啡廳卻是這種態度看待送養，把中途當成什麼呢？」

小灰望著這段字裡行間幾乎要燒起怒火的留言，不難想像湘湘一家人的心情。

「對方還沒有回覆妳呢……光是看妳描述，真的很惡劣。」

「超惡劣！我決定轉貼去其他送養貓咪的網路論壇和社團，警告他們要小心這個愛爽約的人。」

「先等對方回應再說。搞不好有什麼難言之隱。」小灰溫聲勸道，但怎麼想，都覺得對方很沒誠意。

「各位同學，抱歉抱歉！老師遲到了，讓你們自習了十分鐘。」汗溼的電腦老師推了推眼鏡，露出急促的微笑。「請今天要報告的人到台前，老師要切螢幕了。倒數三、二、一……」

「啪……」沒想到一向規矩的小灰，竟偷偷伸手到湘湘的螢幕後，將控制螢幕的線纜給拔下。

「你……謝謝。」湘湘驚喜地苦笑。

「我也想知道，這店長還能掰出什麼話回應妳。」小灰對湘湘眨了眨眼睛。兩人的演技不錯，偶爾視線瞄一下螢幕，大部分還是看著老師與報告的同學，而就在下課倒數前五分鐘……

店長回訊了。

「抱歉，李家小妹妹，昨天因為我老公胃出血，所以一整天都沒有回應，檢查發現胃有點問題需要長期照顧，因此不適合再養寵物，也怕無法好好照顧牠們。讓你們白跑一趟真的很抱歉！是我們不對，至今都沒主動聯絡，實在是已經忘記有這回事了。」

「什麼『忘記』……讓人想氣也氣不起來。會不會是找藉口？」小灰嘆了口氣。「會不會是沒臉跟你們用電話說不想養了，才演了這齣。」

「真相只有他們自己清楚，如果老公明明沒事，為了不想養貓而說謊，這女人就真的頭腦有問題了！」湘湘很無奈，想了想還是回覆留言。

「祝福您老公早日康復喔。希望之後若有能力再領養，不要是這種隨便的態度。」

不說幾句還是很難消氣，湘湘打完字後做了幾個深呼吸，決定從此將這件蠢事拋在腦後，不要再為這件事生氣了。

下課之後，電腦老師把兩人留了下來，作了一個警告的苦笑。

「我知道你們是有苦衷才不專心上課，但以後別這樣喔！你們太聰明，我怕其他學生有樣學樣！」

兩人羞紅著臉道歉，隨後在綠意繚繞的樹蔭長廊下，走回教室大樓。

不難理解湘湘最近起起伏伏的心情，小灰關切地問：「那貓還有要送養嗎？」

「嗯，還是會送養，只是，受了這次氣之後，我暫時有點懶得去接洽。」

小灰點點頭。疲倦的其實不是照顧動物與接洽本身，而是那顆擔憂、期待、不安的心。

想想自己的媽媽，也是如此的。每次抓完街貓回來結紮，面對是否要放走牠們的決定，都倍感煎熬。

十、意外的收穫

「有時候遇到那種很相信人類、喜歡人類碰觸的親人浪貓，我媽媽都很捨不得把牠們放走，覺得牠們應該願意生活在家裡，過不一樣的室內生活。所以，我媽和她的朋友前後也幫忙送養過兩隻貓。但我們家倒是運氣不錯，遇到的都是老實人，收了貓之後就的確真的好好照顧至今，過程中也沒什麼不禮貌的地方。」

小灰說的話題，讓湘湘興味盎然，沒想到，他還真的是能說這種話題的人。頂著一個普通的平頭，小灰笑起來卻比同齡男生多幾分善良與成熟。

「對了，」湘湘問：「那你們家上次買的加拿大艾格藍飼料，吃起來怎麼樣？」

「混著溫水吃，接受度滿高的。不過我覺得比起魚肉，牠們更愛雞肉，魚肉總覺得有股油耗味。」

小灰並非亂掰，而是親自觀察街貓食用的反應後才做出這段推論。自從上次去寵物店之後，小灰已經自然而然地會陪著媽媽去餵貓，母子間感情也變好了。

以往聽到媽媽帶著食物與水出門，只會說句路上小心。現在則開口閉口都談著不同街貓的個性、故事。

小灰眼睛發亮地說：「我們家餵的貓多是虎斑貓，母的都結紮了，公的有些野性，還沒抓到。還有一隻一看到我媽就跳舞的結紮貓奶奶，吃飽罐頭都會在地上翻滾感謝，一開始我們以為牠不舒服，其實牠是個小撒嬌呢！」

「咦，我以為你們把貓養在家裡呢！原來是去餵貓啊，這樣也不錯，把觸角延伸到更多外頭討生活的貓咪身上。」湘湘打從心底敬佩。畢竟天天在家裡陪貓，與特地外出去找貓、顧貓，承擔的壓力更是不同。

餵養者遇到貓在街頭重病、重傷與橫死的比例，也比一般居家養貓者高。

「因為我們家就在排水溝後頭，很潮濕，空間太小，雜物很多，所以沒有很不太適合養貓，我爸媽看房子看好幾年都找不到適合的，其實我爸媽都很喜歡貓的。」小灰認真的神情不像在開玩笑，聽起來雙方的家庭背景差不多，雖有小小缺憾卻也充滿努力的空間，湘湘聽了感到特別親切。

不知不覺兩人竟然聊到上課鐘響，這還是第一次。

「啊！快進去快進去！」湘湘邊叮嚀道，邊與小灰分別從前後門進教室，回位置上坐好。回過神時，湘湘發現自己一直掛著笑容。

找到一個可以聊動物的夥伴，真是意想不到。

十一、鄰居疑雲

又到了週末，阿健仍每天用空拍器巡邏，這次終於有了收穫！

「竟然意外錄到上次那個地方又在焚燒樹木！我一定要拍到對方的臉！」

這個春天偶爾陰雨綿綿，隨著夏季即將來臨，蓮霧樹也開了鵝黃色的花朵，蜜蜂蝴蝶穿梭其中，一片綠色樹海中搖曳著迷霧般的鵝黃，好不熱鬧。

藝寶與湘湘忙於期末考，最近孩子們雖然零用錢仍不多，但假日多半會去市區透透氣，阿健也替他們開心。

「為什麼對方都這麼狡猾，專門在環保局沒上班時焚燒……難道其他鄰居都覺得無所謂嗎？」阿健在里民大會上曾經見過附近的鄰居，多半是果農或者農夫，年齡層偏高，大家對於週邊環境都是讚許有加，偶爾遇到怪事也只是逆來順受，不會特別尋求管道去解決。

「等週一環保局上班，我立刻報案！」阿健有了影片，心情變得更加踏實，他也在週末深夜騎腳踏車在果園內巡視，所幸並沒有人再針對果園作任何破壞。

「也許一開始就搞錯對象了，所以才沒有再來。這件事應該可以不用那麼介意了吧？每週還要撐著眼皮查看監視器內容，我也很想好好睡覺啊。」

不過，今天檢視空拍器的畫面後，阿健又有了發現。

蔚藍的晴空下，拍得到砂石車載著大批土壤離去的影像。附近顯然有人正

十一、鄰居疑雲

在開採一處荒地，原本阿健的二哥一直很想收購該處荒地，卻因為地形不夠完整而作罷。

既然拍到了這樣的畫面，阿健決定趁著天氣好、光源夠的時候，親自騎著單車過去晃一晃。

「那塊地是破碎的梯形，給建商人家大概也不要，土質不好，長了一堆作物，未來如果有鄰居勸你買，打哈哈就好了。」這是剛搬來時，阿健親口聽二哥說過的。

「所以看這開發的速度……是賣出去了嗎？」阿健停下單車，望著幾個工人在附近割草砍樹。

此處離前兩天拍攝到的燒樹地點有一段距離，但阿健猜，大概是對方偷偷把樹移到較偏遠的地方，以混淆視聽。

「真是狡猾……」阿健對眼前的這場開墾沒什麼興趣，只是很厭惡他們燒樹的行為，想抓抓現行犯。否則，就算把空拍影片呈交給環保局，他們大概也無法找到犯人。

就在阿健站在樹林邊往坡下探看，工地上有個穿著白襯衫如建築師般俐落的高挑帥哥，主動朝他點了點頭。

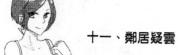

「糟糕，被看到了……」阿健硬著頭皮打著招呼。既然都對上眼了，還是主動向對方搭話好了，若是自己現在逃走，反而會給人鬼鬼祟祟的感覺。

「您好！」

「您好。」建築師模樣的男人還朝阿健揮手。

「請問這是要蓋什麼房子呢？」

「哦，只是自用住宅啦！」建築師微笑。

「所以這塊地終於賣出去了呀？」阿健搔搔頭。「屋主現在也是新地主了，對吧？」

「您是什麼人？」建築師雖然笑著，但語氣十分不信任阿健。

「我是住附近的。」阿健打馬虎眼，畢竟不想讓對方有挾怨報復的機會。他繼續問：「看您們都挑週末施工，應該很趕吧？」

「是啊，我客戶希望快點落成，要給兒子娶媳婦用的。」建築師禮貌地回答，隨後接起手機。

阿健趁此空檔，騎車回林中。

「一般人怕別人問東問西，大多會說房子蓋來自己住，看來還是要請二哥幫忙問一下，屋主和地主之間的關係，才知道該找誰為燒樹的事情負責。畢竟二

十一、鄰居疑雲

哥在這裡住得比我久。」

阿健回家後，終於問到地主的名字與一支舊電話，連同燒樹影片一起透過網路檢舉的方式，回報給環保局。

「唉，我真是幫這些公務員大忙了！不過，只要問題能早點解決，一切都好說……」

週末就在忙著這些庸庸碌碌的事情中度過，阿健自覺根本沒休息到，週一因此請假不去擺攤一天，在家中休息。

「爸！今天粉絲團很多人說你要休假也不先講！」

「抱歉藝寶，爸爸是臨時起意，偏偏忘記上網貼文了。」

「真是的……一次而已，客人們大概還能理解，萬一放羊三次以上就打折扣了喔。」藝寶叮嚀道。

「好啦，我知道了。我等等就上網發文道歉好了。」

阿健登入臉書，發了篇道歉圖文，說明披薩下週的特價事宜後，他也登入了影音頻道，上傳今天空拍機的影像。

一片翠綠的鳥瞰畫面中，斑鳩小斑翱翔在即將結果的蓮霧林之間，好不暢快！

週一就在慵懶的補假狀況中度過，而週二一早，阿健就收到了環保局的來電。

「太好了，應該收到我傳的空拍器影像資料了吧！如果亂再燒樹，就太可惡了！那些開墾後的大量廢土也不曉得載運到哪去……」

「您好，請問是李先生嗎？」

「是的。」

是個公務員大媽的聲音。「這邊跟您回報一下案件的情形，我們聯絡到原地主，他說是他請工人與建築師親自開墾的，也說他沒有焚燒樹木。而您的拍攝影像中也沒有拍攝到是誰燒樹，所以我們無法進一步釐清案情。」

「呃……誰燒樹這種事情，不是應該由你們公家單位去調查嗎？」阿健感到不可思議。

「是啊，所以我們會派人不時抽查。謝謝您的報案，那麼先到此為止。」

「等等！」聽到對方要掛電話，阿健很緊張地握住手機。「我還有看到他們載運大批廢土離開，可能有傾倒在附近河川的情形……」

「哦，這部分要另外請您報案，還要另外調查。」

「不能現在直接跟您說嗎？」

十一、鄰居疑雲

「不行。要另外提供照片或影片喔，請另外上網檢舉。謝謝。」沒想到對方竟然掛了電話，阿健氣得瞠目結舌。

「可惡！乾脆我就直接去跟蹤廢土車，不逮個正著，他們永遠不會管事！」

「爸爸……不要雞婆了，燒樹這種事情忍耐一下就好，現在是蓮霧結果的關鍵時刻，你還是不要亂跑比較好。」湘湘心底有不好的預感，但話說出口之後，看得出阿健的眼神流露出失望。

「女兒，我知道妳是擔心爸爸，但如果這個社會大家都『忍耐一下』，那些宵小不就可以繼續為所欲為嗎？我阿健絕對不是怕麻煩的人，當然……我也一定會小心，不會讓我的孩子們擔心啦。」

「講得這麼帥氣……」湘湘感到很頭痛。

不過阿健多少也聽進了湘湘的話，原本以為該優先照顧好自家果園，卻發現今年的蓮霧結得不太漂亮。

這天早上，二哥也驅車前來，檢視了果園的狀況。

「今年蓮霧都偏小欸，是因為雨季比較短的關係嗎？」看著二哥嚴峻掃視蓮霧的面容，阿健心中泛起一種被審視的緊張感。

二哥應該不是嫌他沒把蓮霧照顧好吧？

「今年附近的蓮霧園都偏小啦！」一旁忙著替蓮霧套上防護紙袋的阿銀嫂開口道：「我有在幾間蓮霧園打工，大家都在抱怨，覺得很奇怪咧！」

「唉，今年真是特別不平安。亂丟農藥的藏鏡人也還沒揪出來，最近又消聲匿跡……」二伯埋怨道。

「今年整體環境上有什麼特別的改變嗎？」阿健問。

「除了週邊的開墾變多了，並沒有什麼不同。」二伯聳聳肩。

晚餐飯後，想查雨季的資料，阿健登入市立圖書館的線上資料庫找舊新聞的電子掃描檔，心想來潮鍵入「奏佳鄉」的名稱時，發現一則特別不同的新聞。

「奏佳鄉新增上百個工作機會，鮭魚返鄉政策有成」，標題是這樣下的。內容大約在說，附近的工業區有兩個工廠都在招攬人手。

藝寶也瞥見了阿健的筆電視窗。

「唉，如果爸爸去工廠上班，搞不好也不用像現在這麼累，每天都要噴防蚊防蟲噴霧，在外頭冬冷夏熱地工作。」

「藝寶，不管什麼工作都有辛苦的地方喔，不能遇到困難就逃避，爸爸會想辦法解決的。」

「但蓮霧都已經很小，短期間也沒辦法讓它變大了。」

十一、鄰居疑雲

「是這樣沒錯，但今年查出原因之後，明年至少有努力的方向。」阿健清亮的眼神，讓一旁碎嘴的藝寶也不好意思再找碴。

「今年用的農藥、肥料都一樣，除此之外，蓮霧長大還需要水、陽光、土壤。」阿健捧著頭想道。

「我剛剛查過，其實今年雨季跟去年差不多、日照時數也沒啥變化，我用的農藥也都跟你們二伯以前用的一樣，除了中間有一小部分區域被放了錯誤的化肥之外，應該不至於整園蓮霧都這麼小啊……」

湘湘回過頭來時，阿健瞪大眼睛。

「水！」父女倆異口同聲地說出推論。

「爸，除了雨水之外，我們蓮霧還使用地下水灌溉吧？」湘湘精明地問。

「是啊，我們乾脆把土壤與地下水都拿去送驗，搞不好是成分改變了。作物是很率直的，餵它們吃什麼，就長什麼出來。」阿健感到事不宜遲，當晚就匆匆回林子採土、也用廚房的乾淨空瓶取得地下水，準備送驗。

雖然送驗又要花一筆錢，但瞭解真相，比什麼都重要。

在沉重的氣氛中，阿健的餐車迎來了一件值得開心的事情。

那就是，琥珀先前提到的記者採訪。

「是的，記者現在帶您來到復興學區這一帶最有名的餐車街！在這裡每天都有七、八輛餐車輪流擺攤，據說這台冷飲車與隔壁的披薩車，是學生最愛的街頭小吃。」穿著粉紅皮衣的亮麗女記者邊介紹，攝影師就邊鏡頭以直對琥珀，開始訪談起來。

一旁的阿健緊張得冷汗直冒，連忙又拉領子又照鏡子，深怕自己今天不夠上相。

雖然琥珀昨晚就傳簡訊來說，今天可能會做訪問，阿健還是穿了自己最常穿的灰色襯衫配牛仔褲出門。

「越是盛裝打扮，就會越緊張。還不如簡單自然就好。」

但望向一旁的琥珀，可就與比平常多了些用心。足蹬厚底帆布鞋，耳朵還掛上時髦的星星耳環，俏麗的短髮側分，配上粉桃色的流行唇妝，耀眼動人。

「琥珀比我上相多了！對談也很大方，真羨慕她天生就有明星特質啊。」

不過，阿健冷靜一想，琥珀平常就很亮眼了，只是今天更增添幾分艷麗。

「真好，記者從你們開始採訪，我們還要在一旁等呢！」鮪魚哥挺著大肚

子在後頭觀望，阿健本想說什麼安慰對方，卻因為緊張而腦袋一片空白。

「好了啦，我鬧你的！我已經上過新聞很多次，一次沒上也不會怎麼樣！哈哈哈！」鮪魚哥拍了拍阿健的肩膀。

「是說，你都沒注意到嗎？琥珀真的特別照顧你。這次的訪問也是她特地幫你牽線的，不是嗎？」

跟其他鄰近餐車的老闆比起來，阿健的確是最常受到琥珀照顧的。不過，他也曾經在琥珀被流氓欺負、及臨時倒下去醫院吊點滴時幫忙照顧她的餐車，彼此自然有許多革命情感。

「鮪魚哥，你怎麼一直話中有話啦！」阿健尷尬地揪住鮪魚哥的袖子。「你到底想要說什麼？」

「沒有啊，只是覺得琥珀好像很在意你，你看，之前成功被邀請去你家時，她高興了好幾天呢！」

阿健苦笑，翻了翻白眼。「那是為了空拍機的事情才去的啊。」

「所以，被我這麼說，你覺得不舒服嗎？」鮪魚哥搔搔頭。「我只是在猜，畢竟琥珀是好女人，我怕她若有表示，你這麼木頭會看不懂。」

「哪有啊！她真的沒有表示什麼啊！」阿健看見記者要來了，連忙整裝上前。

「老闆，聽說你有在玩空拍機，除了做披薩之外，平常還有收留流浪動物？」沒想到可愛的女記者竟先從這個話題切入，讓阿健一時間沒有準備。

糊里糊塗地回答完記者所有問題之後，阿健才明白，原來記者是先在他的粉絲團看到相關訊息，才摸清楚他的「底細」。

「哎唷，以前都沒想太多就分享了空拍機和貓狗這種事情在網路上，沒想到要瞭解一個人這麼容易啊！還好我沒做什麼見不得人的事情，哈哈。」阿健望著記者帶領攝影師走向其他餐車，這才緩了口氣。

「你回答得很好啊！」琥珀笑盈盈地遞了杯飲料過來。

「我剛剛在旁邊看，雖然是從你沒準備過的問題開始問，但你回答得很順欸！。」

「哈哈，我真不知道記者這麼用心，還發現我在空拍機玩家中小有名氣，這幾個月我一直用空拍機想抓犯人，雖然沒抓到……但倒是獲得意外的收穫。」阿健害臊地苦笑。

「不如我們偶爾也出去踏青吧？讓空拍機也錄錄不同地方的美景。」琥珀忽然提議道。

十一、鄰居疑雲

「哇……沒想到妳還願意在假日看到我，平常都跟我一起工作，還看不膩嗎？」阿健想到鮪魚哥方才的話，順口問道。

沒想到這一問，琥珀原本閃亮的神情卻顯得冷卻下來。

「嗯，其實我只是提議啦，哈哈。」她轉頭招呼著自家餐車的客人。「啊，來了來了，抱歉喔！」

阿健疑惑地望著琥珀，自責地想道：「唉，被鮪魚哥說了幾句，我還真是自以為是，琥珀大概也只是把我當朋友吧。我這樣問，才是往自己臉上貼金呢。」

飛行中途日記

十二、多管閒事

又到了放風時間，斑鳩小斑興奮地在空中繞圈，追上空拍機後牠便悠閒振翅往前，小小的鳥影映照在草原上。金星虎斑色的身影如箭般在下方林地間穿梭，綠意繚繞，廣闊的山林、地表與藍天，讓人心曠神怡。

這樣的空拍影像，是阿健空拍日記中的必看鏡頭。其實若時間允許，他還真希望能像琥珀建議的那樣，多帶著自家毛小孩去其他地方走走轉轉，而不是永遠只留在這裡拍果園。

「網友看了兩個月的果園，應該也膩了，這星期我們去水庫之類的地方玩空拍吧！」阿健徵求兩位期末考剛結束的孩子同意，定好日期。

想到琥珀先前有些被冒犯的模樣，阿健決定也邀請琥珀。

「反正我還是會邀請她，以示尊重……至於她願不願意來，就再看看吧！」

「爸，你是不是很在意琥珀阿姨的看法啊？」藝寶賊笑起來。

「對啊，望著琥珀的臉書網頁，一臉思春少男的模樣。趕快發訊息給她啊！」連正經的湘湘都偷笑地戳著阿健的手。

「什麼思春少年！我有這麼噁心嗎？這樣說自己的爸爸還真過分！」

「思春少年不噁心，很正常。」藝寶指了指自己。「但是你都這麼大年紀了還扭扭捏捏，就真的有點噁心了！」

十二、多管閒事

「什麼啊！」阿健轉過頭，不甘示弱地反擊道：「話說回來，你們這麼關心爸爸和琥珀阿姨做什麼？爸爸現在還是愛著媽媽啊！」

「唉呀，又沒人說什麼愛的，你倒是先自爆了！」藝寶哈哈大笑。一旁的金星也樂得「汪」了兩聲。

湘湘則老成地深呼吸，拍了拍阿健的肩膀。

「現在說愛不愛還太早了啊，你跟琥珀阿姨先做做朋友嘛，我也愛著媽媽，但這不表示爸爸要刻意一輩子單身到老啊。」

「原……原來你們挺替我著想的嘛！」阿健一陣語塞，明明想澄清自己與琥珀真的沒什麼，卻反而彆扭了起來。

說實在的，他心底是有那麼點在意琥珀沒錯，但從沒想過能把自己的心情這麼坦率地跟孩子們說。

「原來在孩子眼中，我真有這麼努力『刻意』去維持單身啊！」阿健喃喃自語。

想了又想，就先承認自己的心情，用朋友的態度邀約琥珀吧！

阿健想了又想，開始發訊息給琥珀。

「哈哈，瞧他那個樣子！」藝寶與湘湘在一旁偷笑。

雖然不像藝寶如此熱情豁達，湘湘至今想起媽媽，心仍會酸酸的。但她也不得不承認，每次談到琥珀，爸爸的表情就豐富細膩了起來。

「讓人不自覺地想偷偷為他們期待些什麼。」湘湘苦笑地想著，摸摸身旁兩隻貓兒的頭。

由於週末還早得很，阿健也沒忘了詭異空地建築、燒樹與廢土車的事，雖然聽說地主背景很硬，但阿健一想到這些人竟然可以屢次逃過環保局的檢舉，還是心生氣憤。

他怕藝寶與湘湘擔心，便以巡視果園為由，偷偷帶著空拍機與監看器，開車駛到坡地上方。

「都發現對方燒樹了，很難不相信他們沒亂傾倒廢土啊……剛好這個空地居高臨下，不容易被發現，要拍攝廢土車的軌跡也很簡單。」

空地的鷹架進展神速，彷彿兩個月後就能交屋了。然而這棟房子根本不像先前建築師所說「蓋給兒子、媳婦」那樣的小規模，從鷹架內的隔間來看，至少有七八個以上的大房間。

「真不知道要做什麼用的，很不老實欸，竟隨口說謊騙我。」阿健更加深了要追蹤廢土車的決心。

十二、多管閒事

利用日漸純熟的操縱技巧，阿健只花了兩、三分鐘，就讓空拍機在樹林上方盤旋待命。

他把監看器架在方向盤前方，邊操縱空拍器邊緩緩開車前進，不過沒前進幾公尺，阿健就認為這樣太危險，只好煞車，專心操作空拍器。

「有了，拍到了！」監看器出現了畫面，載運廢土的藍色卡車緩緩駛離坡道小徑，轉了個彎，在草深之處停了下來。

廢土瞬間傾倒在一處荒蕪田埂與溪水的交界處！一時間，煙塵瀰漫。

「可惡，還真的倒了廢土。」阿健錄到關鍵畫面之後，也繼續用空拍器拉近距離，大膽飛到卡車後方，拍攝它的車牌號碼。

「不這麼做，環保局那些人一定又說什麼『無法證實是哪台車做的』……有了車牌才能追查吧？我就好人做到底了！」

就在這時，監看畫面出現了卡車司機開門的動作！

「糟糕！」一想到空拍器就要大刺刺地被對方給看見，甚至有可能被擊落，阿健連忙拉高空拍器，將它往樹林方向撤！

「應該被看到了吧？慘了……得快點離開才行！」打出倒車檔、踩下油門，阿健分神沒看好空拍器，只聽到它降落時擦到樹幹的清脆聲……

「噗噗噗噗……」兩對螺旋槳還在努力運作發出雜音，但空拍器已經墜落在車旁。

阿健俐落地跳下車拾回空拍器，快速驅車離開。

為了怕有人尾隨，他還把車子駛向後山小徑，往市區開去，繞了幾圈才慢慢回家。

「阿健，說好一小時午休就回來，怎麼不見人影了？」阿銀嫂特地打手機來質問時，阿健匆匆趕回果園。

「抱歉，去處理一些事情。」驚魂未定，但阿健心想，畢竟阿銀嫂與亞麗姨都屬於熱心八卦的人，還是不要把方才的事情說出來得好。

「兩位，真的很歹勢，妳們是特地來幫我工作，但我卻曠班了一個多小時。」

「沒關係啦，你看，蓮霧要收成了，只是提醒你要更認真點而已。」亞麗姨微笑地推著一籃籃裝滿粉紅蓮霧的車子。

今年蓮霧雖個頭不大，卻還算甜美多汁，讓阿健暫時對未來一年多的生活費有了點信心。

「要是不認真點，真的無法對二哥交代啊……」阿健喘了口大氣，望見滿果園結實累累的蓮霧，終於安心了。

十二、多管閒事

有了方才那刺激的一刻，更顯得此時待在蓮霧園中、靜謐享受香甜夏風的自己，是多麼幸福……

阿健深呼吸，嗅著果園中的芬芳，更加賣力地加入採收蓮霧的行列。

下午回家、趕著開披薩餐車之前，他又急著把空拍機錄到的資料上傳給環保局。

「這次都證據確鑿，連車號都拍到了，應該沒藉口了吧！」阿健滿懷信心地上傳影片後，帶著剛出爐的披薩駛下山區，準備開始晚上的工作。

出乎意料地，市區下了場大雨，今天的披薩賣得奇差無比。

「以往下雨，也不至於只賣出五塊……是因為學校陸陸續續準備放暑假，所以沒有人了嗎？也對，附近的補習班好像也暫時因為考試休息了。暑假班都要等到七月呢。」阿健與琥珀討論道。

然而，琥珀與附近其他餐車的生意，不如阿健的生意那麼受到影響。他實在不太懂是怎麼了。

「我覺得很好吃啊！」琥珀嚐了幾口阿健新出爐的商品，也一頭霧水。

「連這麼精明的琥珀都說好吃了，我就當今天運氣特別不好吧！」阿健心想，搞不好是自己前陣子常因為果園收成的事情請假，餐車愛開不開的，又常常

忘記在粉絲團公告，才讓客源流失。

不過，既然餐車都停在同條街，晃過來看看、最後隨意選兩家買的人才是多數，阿健不懂今晚為什麼自己被略過這麼多次。

「別灰心，我知道今天一定有人在等你的披薩喔！」琥珀溫暖地笑道。

原來，琥珀聯絡了附近的育幼院，阿健將賣剩的披薩，用保溫盒收好後載了過去，孩子們都非常開心。

「雖然是疲倦又失望的一天，但看到孩子們的笑容仍是很開心的。」阿健在粉絲團上發了今天的圖文，準備就寢。

此時，考完期末考的藝寶與湘湘正陪著貓狗玩耍，本該是愉快收尾的晚上，但湘湘卻經常發呆出神，心不在焉，藝寶問也問不出個所以然。

阿健正猶豫著要不要搭話，手指則下意識地動了動滑鼠，想邊裝忙邊看看女兒。

一旁的斑鳩小斑，飛到鍵盤上搗亂。斗大的黑眼睛望著阿健。

「知道了，我不用筆電啦。」阿健苦笑地用手指輕撓小斑渾圓的背。

他放下筆電，緩步走向湘湘。

「女兒，怎麼了？有什麼事情就跟爸爸說吧。」

十二、多管閒事

「沒什麼事啦，只是在想，我這種老是遲疑要不要送養的人，真是不適合當中途。」

「怎麼了，又有新的認養人候選了嗎？雖然我們家貓咪長相普通、又一次要領養兩隻，一般來說是比較少人詢問……」阿健溫柔地凝視著孩子們的臉龐。「但如果有機會讓牠們過更好的生活，我們就不應該想太多，往前邁進一步去試試看。不是嗎？」

「嗯……」湘湘仍遲疑地顧左右而言他。「總之，我真的沒什麼事啦。」

「妳只是還不想告訴我們而已吧？」藝寶斜眼望著她。「妳就是這麼難搞。」

「好啦，如果覺得還不想說，那也不用說。」阿健苦笑地拍拍藝寶，讓他別逼姊姊了。

「真的沒事啦，不過，明天期末大掃除後，學期就結束了，我會和小灰出去玩，晚點才回家。」湘湘只說了明天的行程就先行上樓，彷彿在迴避父子的追問。

此時，外頭忽然傳來急促的敲門聲。

「轟轟轟轟！」對方比較像在用力拍門，嚇得兩隻貓兒頻頻對門呼氣，金星則汪汪大叫，弓著背隨時準備衝向大門。

「沒事、沒事。」阿健鎮定地緩步走過去，深怕藝寶發現，他才是最緊張的那個人。

已經晚上十一點了，對方又來勢洶洶，真怕不是什麼好事……

「來了，請問是什麼事？」阿健保持著禮貌，手防備地放在防盜鍊上，只將門打開成一個小縫。

門外是一對老夫妻，為首的老漢約有六、七十歲，黝黑微胖，兩人的神情都十分緊張，還頻頻望著漆黑的阿健宅第週邊。

「歹勢，這麼晚來打擾你！我是你家隔壁春龍果園的吳老闆！」

「哦哦……你好。」畢竟此人從來沒正式打過照面，幾乎也稱不上面熟，阿健正想著要不要開門。

「請問怎麼了嗎？需要幫忙嗎？」

「不是，我跟你說，我家蓮霧園今天才剛收成一批蓮霧，結果晚上就有人來砸了我的樹，還到處潑了紅油漆……我想，既然同樣是經營蓮霧園的，先來警告你一下。」吳老闆臉上還有斗大的汗水，看起來驚魂未定。他掏出手機，秀出照片給阿健與藝寶看。

父子倆心底一沉，手機中的場景怵目驚心，鮮艷的紅油漆在夜色中顯得特

十二、多管閒事

別妖艷詭異，許多尚未成熟的小蓮霧也被潑漆、故意打落。這樣的惡意行為，不只是浪費了自然資源、暴殄天物，更糟蹋了農人們經年累月的苦心。

「謝謝您們特地來通知我……」阿健充滿感謝，邀請兩夫妻進屋。

「沒關係，我們馬上就要回去收拾了……」吳老闆的妻子勾住他的手，兩人看起來十分無奈。

「等等，請問您們報警了嗎？」阿健問。

「報警了……」

阿健進一步詢問：「有沒有什麼線索是誰做的？我家幾個月前也有遇過亂撒農藥的宵小，但一直沒抓到是誰。會不會跟這件事有關？」

「我想應該是同業互相攻擊吧，畢竟這附近不只蓮霧園，但傳出災情的都是蓮霧園。你的農藥事件我也有聽來幫忙的阿銀嬸說過，肯定是附近同業所為，去年我也遇過類似的情形。」吳老闆聳聳肩，夫妻倆疲憊離開前，阿健再度感謝他他們特地來通知。

「藝寶，你也聽到了，你在家裡等著，爸爸去果園巡一下。」

「不行啦！萬一對方有很多人怎麼辦？」藝寶回想起方才照片中的慘況。

「對方一定人多勢眾，才能在短時間內弄成這樣，況且我們有監視器啊！還有空拍機，不能用那個看嗎？」

「唉，空拍機今天被爸爸弄故障了，明天要拿去市區給人修理。那就先這樣吧。」阿健明白藝寶的擔心，只好先作罷。「我們明天再去調監視器，如果對方真的來搗亂，一定抓得到是誰。」

隔日，阿健一早就接到環保局的電話，他充滿期待地接了起來。

「您好，李先生，關於您前天檢舉的廢土事件，我們現在就在現場，沒查到什麼廢土痕跡喔。」是跟先前一樣的公務員中年女性，語氣淡然。

「什麼？怎麼可能！我都拍下來了啊！」

阿健完全不敢相信自己的耳朵，激動了起來。「我甚至還拍到了車牌號碼呢！你們有去查嗎？」

對方顧左右而言他。

「總之，李先生，現場並沒有任何廢土痕跡，無法判斷是否對環境造成傷害，所以也無從罰起。您若不相信，我們在現場等您，可以一起過來看看。反正您也住在附近，是不是呢？」女公務員改以理性溫和的語氣複述道，阿健不想過去浪費時間，而是感到不可理喻。

但當接下來的三分鐘，對方都堅持這種說法之後，阿健氣急敗壞。

十二、多管閒事

「說這什麼話……環保局的人不就是要評估對環境有沒有傷害嗎？竟然還說無法判斷是否造成傷害……當初，對方有傾倒的舉動就是不對了吧！」

阿健本來很想掛對方電話，但又怕之後萬一真有需要再度去陳情，會被對方當瘋子處理。

這一天以如此糟糕的方式開場，讓阿健感到渾身不對勁。

踏著晨光，他慌張地帶著金星奔進果園……深怕會遇到像隔壁鄰居那樣的慘況……

飛行中途日記

十三、急轉直下

阿健與金星踏入一片靜謐的綠意中。果園的一切都好端端的，什麼事情也沒發生。

為了保險起見，阿健決定暫時把披薩備料的事情暫緩，花了幾小時調閱了這幾天的監視器鏡頭一一過目，也沒發現什麼可疑份子。

「糟糕，都這個時間了，有鑑於昨天披薩賣不完，我今天要做的份量不多，但看現在這狀況……大概又來不及了。」阿健打了通電話給琥珀，想告知她今晚自己又要請假了。

「最近蓮霧園收成、又遇到那個建築工地的蠢事，害我必須要偶爾請假，對那些老客戶們真的很抱歉。還是有必要跟琥珀說一下，等等粉絲團也要記得發布訊息……」懷著這些紛亂的想法，阿健等待琥珀接起電話。

沒想到，他聽見的竟是琥珀消沉又滿是擔憂的顫抖聲音。

「阿健……披薩的事情沒關係，你還是在家裡好好休息吧。」

「嗯好啊，我正這麼打算，最近事情太多了。只是對客戶很抱歉，我打算明天再推出新口味的特價……」阿健邊說，邊聽到琥珀在電話那頭深呼吸、想打斷他的為難聲音。

「阿健，是這樣的，你這幾天是不是都沒有仔細看粉絲團的留言呢？」

十三、急轉直下

「嗯?留言?」阿健打開筆電，自己的確沒印象，畢竟這陣子忙得都快沒時間睡覺，更沒心思一則則看網友們的留言了……

「我……」琥珀吞吞吐吐，忽然遲疑地勸阻道：「我的意思不是叫你看啦，你也可以不要看……我把事情告訴你就好了。」琥珀的困擾語氣，阿健從沒聽過，心跳都漏了好幾拍。

「怎麼了，琥珀，有什麼我不能看的，妳別嚇我啊！哈哈！」

阿健才說完，視線就接觸到粉絲團上那一行行留言欄的小字……

「老闆，聽說你用的披薩是問題油品?虧你還上過電視，枉費空拍機玩家這麼支持你，這樣毒害他人真的沒關係嗎？」、「是因為知道自己被罵，這幾天才不出來做生意嗎？」、「怎麼都不出來解釋一下，真不負責任！」

阿健像被無數的黑影擊中臉部，一時間頭暈目眩。憤怒、冤枉、羞愧、不明究理的情緒，如烈火般燒灼著他的心。

「阿健、阿健?」琥珀心急地在話筒另一頭喊著：「你沒事吧？」

「嗯……只是覺得很莫名其妙，這些留言是從什麼時候開始的?」

「大概三天前吧……」琥珀哽咽地喘著氣，心焦地解釋道：「我一直在想要不要告訴你，但是又怕你心情受影響，我想，要是你每天都照常擺攤、老老實實做生意，網友一定會還你一個公道，但剛好你最近在忙……對不起，我應該早點告訴你，我這樣……根本就是在幫那些網友縱容那種謠言。」

「真奇怪，到底是誰發布這種謠言啊。」阿健一時間千頭萬緒，聽到琥珀受傷的語氣才恍然大悟，連忙回過頭安慰她。

「琥珀，妳怎麼道歉了呢？要多虧妳讓我曉得這件事啊！別道歉了，那種惡意行為根本不是妳該承擔的。我會找出放網路謠言的人，反正我用的油品都是認證過的歐洲原裝油……我等等去廚房拍張照片貼上網，就能解決了。今天不去擺攤，但在家裡做澄清，倒還綽綽有餘的。」阿健自信地笑笑，腦中浮現著琥珀與孩子們的臉孔，腦中的思緒自然也從容了起來。

「阿健……我真佩服你，這種時候還能馬上想到怎麼辦。」

「當然啊，我又不認識那些網友，根本沒必要因為不實指控而難過。我還以為是什麼事情呢！這種謠言傷不到我的啦！」阿健哈哈一笑，試圖讓琥珀相信他沒事。

但一掛上電話，他才發現自己氣得發抖。

原本要怒氣沖沖地衝向廚房找油，一回頭，貓兒、小斑與金星都群聚在客廳，安靜又好奇地望著他。

十三、急轉直下

阿健感到怒氣如退潮的海浪般逐漸遠去，動物們可愛天真的臉龐，讓他明白，被中傷，也不是什麼天塌下來的事情。

光是喪妻、貓狗生病這種無法掌握的事情，對他心情的殺傷力還比較大。

「沒事沒事，爸爸好好的。」阿健對歪著頭望向他的金星笑了笑。「光是能跟你們一起健康地待在這屋簷下，就沒什麼過不去的，對吧？」

「喵嗚。」三平與仙草蜜彷彿在認同他，輕聲撒嬌道。

阿健用積極但平靜的步伐走進廚房，拿出手機，對著他使用的食材與油品拍照。

小灰與湘湘並肩坐在鋪著嶄新木地板的客廳中，因上午的期末打掃、禮堂結業式完結後，兩人又一路騎車到小灰家，制服始終汗涔涔。

終於能進入室內休息，聞著剛裝潢好的新家氣味，小灰顯得很滿足，湘湘則仍有些放不開，小口小口喝著檸檬汁。畢竟之前沒什麼機會到男孩子家，又是來到別人剛住不到一週的新家，難免有些拘謹。

忽然間，望著手機的小灰，抬起了頭。

「呃……上次騙你們說要領養貓、卻爽約的咖啡店店長……她……」

「怎麼了？」湘湘快速坐到小灰隔壁，望著他秀出的手機螢幕。

上頭寫道：「新店貓貝兒，美嗎？平常總是獨善其身、不喜歡與人太親近，看得出是缺愛的孩子，是店長與老公積極爭取領養來的！大家也要領養，多做好事喔。」咖啡店的粉絲專頁上，新貼出一張照片，店長楊小姐與她丈夫氣色紅潤地抱著一隻神色傲然的美麗長毛波斯貓。

「喔，至少她是去領養，不是買的。」湘湘努力壓抑怒火，無奈地說。

「哼！我看她根本就是反悔吧，還說丈夫胃出血很嚴重，近期都不能養寵物！」小灰斜眼望著照片。「一定是不喜歡米克斯貓，喜歡品種貓啦。」

「唉，喜歡品種貓本身是沒有錯，但爽約卻騙人，真的很討厭。」湘湘拿起檸檬汁灌了兩口，故作豪邁地說：「好了，別提她了。也多虧她，我們家兩隻寶貝還能陪在我身邊……」

點點頭，小灰雙眸繼續在手機中瀏覽臉書，不一會兒，他又瞪大眼睛。

「湘湘，妳爸爸發臉書狀態了欸！他爆氣了！」

「什麼？」湘湘驚訝地湊了過去。

十三、急轉直下

小灰以文靜平緩的語氣，將粉絲團更新的訊息念出：『各位網友好，最近阿健忙著鑽研新菜單並忙碌於正職工作，無法即時處理網路謠言，讓大家擔心了，很抱歉。下圖是我所使用的歐洲原裝油品與進口製造商的認證章與產地來源，在此公開給大家看。若有政府要員來我攤位突擊稽查，我也隨時歡迎。至於那些散布謠言的網友，我已一一截圖並報案，限你們兩天內發文，權限設公開向我道歉、並承認你們的不實指控，否則我將保留法律追訴權，控告你們妨礙名譽。至於支持阿健的朋友，很抱歉這次的風波讓大家窮緊張了，今、明兩天阿健將持續歇業，努力繼續研發新菜單，後天阿健的披薩餐車重新開張，將八折優待各位朋友，請大家再來捧場喔，謝謝！』」

「唉，前幾天看到幾個疑似帶風向的留言就有點擔心，沒想到爸爸最近剛好請假頻繁，恰巧落人口實了。我一直在想要什麼時候告訴他，還好他自己發現了。」湘湘將髮絲梳到耳後，面色凝重地喘了口氣。

「我覺得妳爸爸處理得很好啊！該做的都做了，別擔心啦！」小灰豁達一笑，啜飲了幾口飲料。

「不過……話說回來，會是誰這樣造謠啊？」

「我在想，會不會是因為我爸最近一直檢舉我家那片工地……引來有心人士的攻擊？啊！」湘湘連忙從椅子上跳起來。

「小灰，抱歉，我的手機無法上網，能請你借我登入臉書嗎？」

「好啊，用我的電腦吧！比較快！」

小灰看著湘湘慌慌張張的模樣，神態也緊繃起來，兩人冒冒失失地跑進小灰的房間，打開電腦。

湘湘火速上網登入臉書，將「披薩爸爸中途之家」的粉絲專頁關閉。

「怎麼了嗎？」小灰一頭霧水。「妳爸爸不是已經處理好謠言了？怎麼又關閉臉書了？」

「你想，對方都能找到我爸臉書粉絲團，一定知道他是空拍機玩家、也知道他在哪裡經營披薩餐車，怎麼就不能找到我們家地址呢？昨晚他們似乎搞錯對象，砸錯了我們鄰居的蓮霧園，可見……他們暫時還不知道我們家住哪。而我們的中途粉絲團雖是貼了許多寵物的照片，但從照片的窗戶、大門景象，都可能推敲出我們家確切的住址啊！當然要趕快關閉！」湘湘一想到後果，眼睛泛紅，語氣也顫抖了起來。

「天啊，網路真是太可怕了，只是分享自己生活的重心，卻給宵小這麼多攻擊的機會……」小灰嘆氣道。

十三、急轉直下

「我早就叫我爸別多管閒事，沒想到他還一意孤行。你知道嗎？他檢舉了很多次，每次都證據確鑿，卻都遭到環保局打槍。對方一定有錢有勢，不然不會作到這種地步。」

看到湘湘咬牙切齒的模樣，小灰有些尷尬地苦笑道：「可是……我倒是很敬佩妳爸爸，屢敗屢戰，只為了不要讓壞人得逞，之前我們舊家那裡也有寺廟每天燒紙錢，不只鄰居們的紗窗和外牆都漆黑一片，蒙上厚厚一層煙灰。小朋友也都有上呼吸道過敏的狀況，如果說是過年過節燒就算了，他們是每天欸！但寺廟香火鼎盛，在溫室效應嚴重的台灣，這種陋習應該要受到控制，我們請立委反應好幾次也沒用。偶爾還是需要有妳爸爸這種人。」

「但他也沒做出什麼大事啊，我倒希望他不要逞英雄，老老實實待著就好了。」

小灰雖不認同湘湘的言詞，卻明白她只是因為擔心，才說出這種氣話。

兩人回到客廳，小灰繼續安撫湘湘。

「沒關係，如果你們不放心，怕對方找到家裡，可以把動物寄放在我這喔！反正我爸媽也很愛動物，最近雖然剛搬家，還有點亂，但空間絕對是夠的。」

「謝謝，但我想應該還不至於這麼嚴重……」湘湘露出為難又客套的矜持

神情，說真的，內心是有些感動，但又很怕麻煩到外人。她的自尊心很高，平常在學校也很少接受同學的幫助，不想在短時間內這麼依賴小灰……

不過，小灰的誠懇倒是讓湘湘安心了許多。

「小灰，今天真的很謝謝你，如果真的需要你幫忙，我會再麻煩你的。」臨別前，湘湘真誠地笑著道謝。

因為擔心爸爸的安危，湘湘只在小灰家待了一小時就走了。此時大約是下午四點，她打了手機跟阿健報平安。

「爸，我要回家了，我看到粉絲團發文了，你今天不擺攤了對吧？要我買飯回去嗎？」

「好啊，爸爸開車到山下接妳比較安全，妳在人潮多的超商等我喔。」最近實在太風聲鶴唳，阿健也很怕寶貝兒女有個萬一。

打完手機給藝寶、確定會合地點之後，阿健準時抵達，此時他心中猶豫著一件事……

下一分鐘，湘湘在暑氣中提著買好的便當上車，藝寶也進了車內。

湘湘問：「爸……我還是有點擔心，今天家裡還平安吧？」

「平安啊！希望我粉絲團的貼文沒嚇到你們。」

十三、急轉直下

「不會啊，我同學也說你處理得很好。」湘湘真心地稱讚道。「他還說你不屈不撓地努力蒐證，真的很好。」

「唉……別誇爸爸了，是我自己太魯莽，搞不好就是因為檢舉廢土時空拍機被對方看見，才會讓人家查出來這附近唯一的空拍機玩家，就是我。再加上粉絲團也同時貼著披薩與空拍日記的影片，樹大招風，對方就乾脆在粉絲團放謠言傷害我們商譽。接下來這一步，我們得步步為營才行。」

「這一步？」藝寶期待地瞪大眼睛。「我就知道，我爸不是個俗辣！」

「你別在那邊鼓譟！」湘湘瞅了藝寶一眼。

但話說回來，她也覺得受人欺侮至今，不反擊說不過去。

阿健埋在心底的話，這才說了出來。

「爸爸今早已經收到先前我們送驗的地下水抽樣，證明地下水中有過量的重金屬，跟官方提供去年的數值比起來差很多，可見污染源是這一年間才在我們奏佳鄉出現的。」

「那這一年間，有發生什麼事嗎？」藝寶楞楞地問。

湘湘眼睛一亮。「上學期班上做了份地理科展報告去參賽，我記得我們的地下水系統距離工業區不遠，會不會跟這個有關係？」

「沒錯。」阿健平穩地點點頭。「爸爸上網去看圖書館的報刊電子全文，把附近工業區這一年間的新聞都用關鍵字過濾了，其中比較明顯的就是旭昊和順隆這兩間工廠一直在擴廠、新增職缺，如果有公信力的單位願意去私下調查，搞不好就能知道地下水受污染的原因了！」

看見兩位孩子篤定的眼神，阿健的信心獲得了支持。他望向車外的市區街景，緩緩地說：「這次，爸爸不把報告交給環保局了，以免又被擋掉。」

「那……你要找誰呢？政府這兩年都在推工業區，很難保證其他公家單位不會找你麻煩。」

湘湘才擔憂地問完，阿健的手機鈴聲忽然大作，把孩子們都嚇了一跳。

「喂？」試圖鎮定地接起，傳進阿健耳邊的卻是讓人震驚的訊息……

亞麗姨驚惶地在電話那頭叫道：「阿健，不好了！你家門前的蓮霧園失火了！」

「糟糕，動物們……」阿健一轉車頭，往山上方向衝！

沿路已經聽進消防車的高分貝呼叫，煙霧比想像中大，瀰漫了整個山頭。遠遠就能看見兩條巨龍般的黑煙染黑了整片天空。

湘湘與藝寶還沒等車子停好就衝下車，在黑煙中奔進屋內。從金星焦急但

十三、急轉直下

雄厚有力的吠叫聲聽來，牠還安全。

「姊姊妳先去找金星！我救三平、仙草蜜！」藝寶率先撈住兩隻貓兒，將牠們放到外出籠保護。

「小斑呢？我找不到小斑！」湘湘被煙霧薰得眼淚直流，也只能先幫金星掛上牽繩，以免牠橫衝直撞傷到自己。

阿健抱頭，不敢相信眼前的蓮霧園已焦黑一片，雖然消防人員及時趕到，只有一半的蓮霧園付之一炬，但這樣的惡意行為，讓當地圍觀的居民都人心惶惶……

「孩子們！你們沒事吧？」看到火勢被控制住之後，阿健沒空理會那些旁觀的鄰居，衝進屋內。還好藝寶與湘湘已經帶著貓、狗躲到煙霧較弱的後門外，除了受到驚嚇之外，全員均安。

「這樣下去不行。」阿健神色鐵青，雙手握拳。

他堅定地凝視著湘湘與藝寶。

「孩子們，爸爸等等就給你們高鐵票錢，你們帶著簡單行李，先去台北住阿公、阿嬤家避避風頭，以免壞人又來找麻煩。至於動物們，我會把牠們送去寵物旅館，讓牠們安心休息。」

「可是……那你一個人怎麼辦？」湘湘抗議道。

「爸爸當然也會自己照顧自己的，蓮霧園這邊還是要有人看著，我會請二伯幫忙。」

「爸，這種時候不該浪費高鐵票錢，我們同進退啊！」藝寶也堅持不肯。

「我倒是支持先把寵物送去能安心的地方……我同學小灰有說過，願意幫忙暫時照顧。」湘湘想起小灰的溫暖承諾，現在一想，他還真是有遠見……她繼續說：「如果是送到小灰家，我每天都還可以去探訪照顧動物，居家式的環境，比較不會讓牠們誤會自己被遺棄了。」

「也是，這附近的寵物旅館大多只是整天把貓狗關在籠中，放風時間也很少……爸爸也不放心。」阿健握住湘湘的肩頭。「那就只好先麻煩妳同學了！」

「那我們先去二伯家住吧！二伯他們家的空房雖然只有一間，但我們三個也可以擠一擠。」藝寶也提議。

心亂如麻的阿健，趕著去聽消防人員的報告，只好先答應孩子們。畢竟他們都長大了，想法有時候比自己周全。若真一下子把孩子們都塞到北部阿公、阿嬤家，一來花錢又打擾人，二來也會引起阿公、阿嬤的擔憂，實在不是最明智的決定。

十三、急轉直下

再說，接下來要收拾蓮霧園，可能會無暇好好照顧動物，有孩子們就近協助，雙方都能比較安心。

這個紛亂的夜晚就這麼過了，阿健一次次在家中呼喚著失蹤的小斑，又在殘破的蓮霧園邊找邊巡，終究什麼影子也沒看到。

「可憐的小斑，鳥類的氣管很脆弱，會不會是吸入濃煙，死在家裡哪個角落了呢……」

突如其來的變故，反而加深了阿健要打倒惡勢力的決心。

站在慘淡月色下，獨自面對著焦黑的蓮霧園，阿健拿出了手機……

飛行中途日記

十四、夕陽餘暉

湘湘在美麗的白色大床醒來，獨自一人。

她偶爾會驚醒，睜眼後卻一時忘了自己在哪裡。耳畔飄來洋甘菊的髮香，聽著隔壁浴室傳來的吹風機聲音，湘湘這才想到，自己搬來琥珀阿姨這裡暫住，已經三天了。

「湘湘！抱歉把妳吵醒了！明明是暑假，該睡久一點的。」穿著寬大居家T恤的琥珀，邊用毛巾壓乾頭髮，素顏的她看起來比以往年紀還要輕了些，雖氣色稍差，笑容卻很溫暖。

「琥珀阿姨，我也正要起床了啦！要幫妳買早餐嗎？」

「好啊，謝謝妳喔！零錢在桌上，超商直走到底。要注意安全喔！」

像家人一樣簡單地寒暄，湘湘之所以能住到這裡來，是因為爸爸與弟弟都擠在二伯家唯一的空房，而自己也是青春期的少女了，作息上實在不方便，原本完全沒考慮到這件事的阿健，聽了琥珀主動詢問，才答應琥珀的要求。

湘湘一直覺得琥珀是爸爸的貼心好夥伴，但沒想到，自己還真懷念這種和女性長輩同住的安心感。琥珀不但空出衣櫃給她，還留了洗衣機讓湘湘清洗自己的衣物，的確比跟弟弟和爸爸寄人籬下要方便多了。

這兩天，爸爸與二伯都在蓮霧園留守，接受記者採訪。

十四、夕陽餘暉

湘湘守在電視前，期待這則新聞變成全國人民關注的大消息，無奈多數網友似乎認為水污染與火燒園是鄉下人的鄉下事，回應並不踴躍。

「如果無法形成輿論壓力，大概也很難制裁對方。爸爸與二伯雖然交出了蓮霧園縱火的監視器畫面，警方態度卻不夠積極……」這幾天，湘湘守著電視機與網路擔心，愁眉苦臉，外出買三餐透透氣的時間是她最輕鬆的時候。

不過，自從縱火事件之後，她走在路上遇到陌生人迎面走來，總會多提防點。

「媽媽就是死於火災，如今又遇到這種事……不，往好處想，媽媽和神明一定有在火場中守護著我們吧。事情一定會解決，我們也一定會沒事的！」湘湘努力想往正面的角度想，但一想到爸爸昨晚打電話說，找遍家裡都沒找到斑鳩小斑，湘湘就感到一陣憤怒。

「為什麼可以這樣欺負我們小老百姓，卻不用付出任何代價？」

「他們會付出代價的。」身後傳來一個溫暖堅定的聲音。原來琥珀擔心她，默默跟過來了。

「我們要堅持下去才行。首先，也要把肚子填飽。」琥珀指著超商對面的早餐店，熱騰騰的鐵板上飄來蘑菇麵的香氣。

兩人如姊妹般並肩而坐，點了起司蛋餅與鐵板麵。

「我有個想法了。晚點跟你們爸爸會合再說明。」琥珀瞇眼一笑。

夕陽之下，空拍機的陰影掠過焦黑的蓮霧園，將慘淡的光景記錄下來。阿健邊操縱著空拍器，邊與二哥眺望被燒毀大半的蓮霧園。

二哥動了動痠痛的胳臂。畢竟這兩天幫著阿健整理蓮霧園的枯焦樹幹，實在不是輕鬆事。

他緩緩開口：「我已經去通知附近所有果農了，他們聽說地下水的問題之後很震驚，但只有少數人願意參與我們的連署，記者聽到他們興趣缺缺，也一直推託採訪。看來，目前唯一願意繼續追蹤採訪的媒體，就只有昨天那兩家了。」

雖然家門上鎖，但也無法保證安全，阿健也只敢待到傍晚，就隨同二哥一起回家。

只是，阿健每天都仍會到室內，到處彎腰趴下，還拿梯子查看，每個高高低低的角落都不放過。

「小斑！你在哪裡？一定很餓吧？會不會渴？你快點出來，爸爸帶你去安

全的地方！」阿健每天總會叫著叫著，就連此刻要回二伯家了，他仍不死心地又到室內找了一次。

雖知道小斑可能早在火災當晚，就嗆傷死掉了。

「但是，死也要見屍啊……」阿健趴在地板上，努力忍住即將潰堤的眼淚。他回想起那個火災的夜，更為久遠、卻恍如昨日的那個夜。

妻子原本美麗的面容，被燒得焦黑……從那之後，他與孩子們努力不讓人生變樣。

但回想起來，一切還是很難。

「我能撐過的！」阿健用手肘抵住身體，再度將客廳的茶几與書櫃隙縫查了一次，整個人仍趴在地上好一陣子。

「小斑，沒事了，爸爸來了，爸爸來找你了喔！」

此時，門口來了個人影。

「你還在找那隻鳥啊？」二哥的聲音，透出一絲輕蔑。

阿健不想浪費力氣爭辯，花了幾分鐘繼續找小斑。平常朝夕相處的家人不見了，阿健怎麼樣也不想放棄。

「哥，距離太陽下山還有時間，我們到附近去，挨家挨戶去問一下吧。」

「問什麼?不是有很多人都說不想管地下水的事情了嗎?說怕自己在新聞曝光什麼的。」二伯不以為然。

「我不是要問那個。」阿健清澈的眼神在夕陽金輝中閃動。「我是要問小斑的去向。」

開著二哥的車，兄弟倆繞著山坡，沿路來到附近的果園拜訪。

「請問你們有看到這隻斑鳩嗎?牠可能前幾天蓮霧園失火時先從窗戶縫隙逃走了，家裡都找不到。」阿健試著用最禮貌但最簡短的句子，說明事情的原委。大部分人都仍願意花個幾秒湊過來看阿健的手機，並回憶自己是否看過小斑。

「我有看到一隻很大的黃褐色的鳥，不過……當時我想牠也就是隻普通的鳥，沒特別注意是不是長這樣。」大自然當中本來就有許多鳥類，阿健的問訊有如大海撈針。

不過，眾人聽到阿健的問話之後，下個反應都是「你家都被搞成這樣了，你竟然還在找這種野鳥?」

「小斑腳受傷，無法在強風中握住樹枝，沒有野外求生能力，所以我才很著急。」當阿健願意花心思去解釋細節之後，大多民眾都會願意繼續聊下去。

「發生了這種事情，你還擔心那隻鳥，真不簡單。」

十四、夕陽餘暉

「那件事後來怎麼樣了呢？」

「你是說地下水連署的事，還是把蓮霧園燒掉的事？」阿健始終認為這是同個幕後黑手做的，但因為警方辦案遲遲沒進展，他也只能低調點，不希望在鄉里間挑起紛爭。

「對了，」有鄰居在閒談間插嘴道：「我女兒那天帶孫子來看我，大概是他們一行人觀光客打扮，那個工地的人告訴他們，盧金水那塊地，蓋的是民宿。」

盧金水是二哥口中難搞地主的名字，而「民宿」則是阿健遇到的建築師所規劃的那一棟棟房子。

「原來要蓋民宿，難怪房間這麼多，為什麼怕我們知道呢？還騙我說是蓋給兒子、媳婦的。」二哥不耐煩地嘆息。

「因為民宿在目前本國法令中並不屬於飯店業，遊走在非法邊緣，但近年來各地都掀起民宿風，很多投資客就紛紛跟進了。」阿健分析道：「就拿清境農場來說，那裡也是民宿倒一間就蓋一間，經營民宿的人通常都不會是普通人，而是敢於打通政商關係、求政府睜隻眼閉隻眼的厲害角色。」

「你早點想通就好了，這樣就知道為何環保局會不理你了。」二哥虧道。

一旁的鄰居阿伯則繼續低聲說：「蓋民宿是沒關係，但我發現那天有車子

偷偷運了一大堆封裝的桶子進來。每個筒子都是那種半人高的儲水桶。而且每天都陸陸續續運新桶進來，很奇怪。」

「民宿不是還在蓋嗎？應該是建築備料吧？」另一名阿婆也加入討論。

阿健心底默默記下鄰居提供的線索，但這裡人多嘴雜，他怕對方有親信混在其中，便把話題默默帶回斑鳩的事上。

隨後，阿健對二哥說：「你也聽到那奇怪桶子的消息了吧，晚點我要再空拍機再去蒐證一次。」

「傻瓜，就是蒐證害了你！你還要再去做什麼！」二哥一時激動。「萬一對方放假消息，故意引你過去怎麼辦……」

雖是一陣說教，但二伯最後仍默默低喃了一句：「你真的要去的話，我陪你去吧！其實你做的也沒錯，不應該就這樣默默忍受。」

兄弟終於齊心，先去回家填飽肚子。阿健打電話給湘湘報平安，在飯席間把蒐證的事告訴藝寶。

「不入虎穴，焉得虎子！」藝寶亢奮地叫了起來。

「上次爸爸是因為一個人才手忙腳亂，摔壞空拍機被對方看見，這次我要跟去！我掩護你！」

「很好，我們李家人就是熱血！」阿健感動地望著少根筋的兒子苦笑。「那我們制定一個計畫吧！反正對方也不認得你的臉，帶你去做掩護也好。」

晚間十點，一身黑衣的藝寶悠閒地牽著金星，出現在森林坡道的上方。藝寶佯裝著遛狗，二伯默默跟在他後頭當游擊手，最後方則是阿健。

裝有夜視鏡頭的空拍機在巡飛。隨後，金星發出了幾聲低鳴。

每當聽到大卡車的低頻振動時，狗兒敏感的聽力多半會讓牠們有所反應。眼見時機來了，阿健立刻讓空拍機升到定位，開始錄製。

「有了，桶子、大卡車……這些卡車不像是一般建築卡車，也跟我看過的不一樣，無論桶中的是什麼，一定都有請特定的民間人士用這種普通車子搬運，才不顯眼。」阿健喃喃自語，手持著操縱桿，確保空拍機在安全的位置。

「金星，來！先安靜喔！」藝寶也機警地摟住金星，不讓牠對陌生人車發出任何警告叫聲。

「拍到了沒？」二伯比阿健更急，頻頻跑到車旁詢問。

「拍好了，等他們離開吧！」

桶中的物品看起來十分的沉重，搬運工人們個個氣喘如牛，使用小吊車與推車合力才將五、六個桶子擺入另一個房間，隨後用建築工地的帆布蓋好後離去。

「追！大家快上車！」

藝寶推著金星的輪椅，跌跌撞撞地鑽進後車廂。

「真的要追嗎？」二伯嘴裡遲疑，手倒是挺靈活地調轉方向盤，保持著與前方卡車之間的距離。

「他們大概認得我，我先到後座去！」阿健收拾著空拍機，爬回後座壓低身體。

「好刺激喔！」藝寶呵呵笑著。「接下來交給你了，二伯！」

「不追真的不行，否則把這段帶子交給警方，大概又會石沉大海……對方的背景到底有多硬啊？我們家鄉怎麼會變成這樣。」二伯喃喃自語，有感而發。

「希望不會被對方發現……」藝寶也繼續拿出手機拍攝前方的車子背影。

沒想到卡車一路往工業區前進，因為無法大刺刺地在工業區大門守衛的關注下駛入，二伯只好裝作原本就要上快速道路似的，錯開追蹤卡車的方向……

十四、夕陽餘暉

「呼……這表示我們沒被對方發現吧？」藝寶天真地鬆了口氣。

「大門口裝的監視鏡頭，如果沒拍到我們車牌的話，一切就安全。」阿健可不敢掉以輕心。「不過，那也要對方先起疑，特地去查詢的話啦。」

繞了一大圈，大家也累了，二伯準備把車開回家。

忽然間，前方大馬路上又駛過一輛眼熟的卡車……

「幽靈啊！」藝寶抱頭大叫。

「噓！」阿健連忙蹲低。

「真不敢相信，還真的是剛才那輛車！是要找我們麻煩嗎？他們發現了？」

二伯也心跳加速。阿健連忙指示他先開進樹林中自保。

「快，先熄火！車燈太明顯了！」阿健低聲叫道。

車子藏身在林子邊緣，徹底熄掉的車頭燈已讓整個車身融入暗夜。連帶地，快速道路上駛過的卡車也加速衝來，離他們越來越近……

「咻嗚嗚——」卡車粗暴地從他們眼前呼嘯而過。

一行人還沒機會鬆懈，就看到卡車後方載著的大桶貨物……

「呃，他們又載了東西要去民宿放了嗎……」藝寶十分傻眼。

「可惡！剛才那段如果錄下來，就是決定性證據了！」阿健扼腕地嘆息道。

忽然間，二伯打開了車門，躍入林地中。

「既然沒錄到，我們現在就快點過去錄啊！」

阿健也連忙跟上。「走這裡比較快！徒步跟蹤的話，對方應該也不容易發現我們！」

十五、分頭追擊

阿健怕把空拍機和狗兒留在車上，會有危險，因此也與藝寶一起機警地拿了該拿的東西，牽著狗兒快步前進。

雖然身後拖行著輪椅，但金星也意識到這是關鍵時刻，連大氣也不吭一聲，靈巧地尾隨著藝寶。

一行人快速前進，在林葉的掩護下，順利逼近了熟悉的上坡路段……果不其然，幾位搬運工又鬼鬼祟祟地推著大桶子進民宿中置放。

「錄到了，我們快走。」阿健一聲令下，大夥兒神不知鬼不覺地撤退。

阿健一路觀察是否有人跟蹤他們，直到二哥終於將車開回自家車庫，大家才自覺安全，大大喘了口氣。

一行人下了車走進客廳，二哥從冰箱拿出了啤酒，這才舒展眉頭。

「阿健，其實一開始你回來幫我接管果園時，我覺得你們一家人都挺麻煩的，而今年果園事情又特別多……但，也因為今年是多災的一年，有你回來幫忙，真的挺好的。」

「哥，謝謝你一路幫助我。雖然我自覺很沒用，還帶著孩子回來請你幫忙，也讓媽很不滿……」阿健臉上的表情雖真摯，但卻也充滿自信。「但我有信心，接下來一定能重振蓮霧園，讓我們一起揪出鄉里的壞胚子吧！」

十五、分頭追擊

「就這麼說定了。」二哥舉起啤酒，與阿健乾杯。

而琥珀與湘湘也忙了一整天，早上打完電話給阿健之後，兩人就忙著用遠端網路硬碟，存取阿健傳過來的空拍影片。

「別看我這樣，以前我可是念傳播的呢！影片編輯什麼的，還難不倒我啦！」琥珀對一旁乾著急的湘湘微笑，在電腦螢幕前快速地剪輯影片。

「影片一號，上傳成功！」琥珀微笑。

影片的名稱依舊是「阿健的空拍日記」，但鏡頭著重於拍攝火災後的蓮霧園慘況，簡易的文字，描述阿健一家在災後的生活。鳥瞰鏡頭中，是被破壞殆盡的殘破蓮霧園、被薰得焦黑的住家大門。

空拍機也捕捉到阿健走過一叢叢枝幹、尋找斑鳩小斑的落寞身影，以及工人們採收剩餘蓮霧的零星步伐。

因為是疏遠的空拍鏡頭，更凸顯出人在大自然之中的渺小與無奈，配上清淡卻也悲涼的音樂，讓原本停止關注此事的網友們，都有了回應。

「把一個正當生活的果園農家搞成這樣，政府卻不聞不問嗎？」

「真過分，竟然危及到孩子與動物！搞不好跟先前散播謠言的是同個人？」

特別是空拍迷的網友，在短短幾小時內就有上百人轉發，阿健的粉絲專頁被擠爆。連帶地，許多網路媒體也開始跟進報導。

才吃過晚飯，湘湘發現網路上的盛況，佩服地稱讚道：「琥珀，妳好聰明！既然爸爸先前是靠空拍日記爆紅的，這次也用空拍日記重新吸引那些觀眾，讓大家無法漠視！如此一來，新聞媒體也能嗅到可看性，願意重新做追蹤報導了！」

「是啊，恰巧你爸今天也忙著收集新證據，媒體若真的想採訪，也有新內容可以做。掀起輿論之後，想搶功的議員就會願意去跟政府施壓了。只希望……事情能往好的地方發展。」琥珀雙手合十，默默祈禱道。

而事態果真如琥珀所預料的那般順利，當記者收到了不明桶裝物料的證據之後，紛紛去詢問環保局與食藥署，總算讓民宿中的桶子全被法辦封存。

連警方也紛紛跳出來，指稱他們找到了散布謠言與焚燒蓮霧園的嫌犯。

「我們並非拖延，而是前幾天都在蒐證追蹤，直到釐清案情，才能向社會大眾說明。」面對記者的質疑，警局的分局長一臉無辜。

犯人雖撇清自己與民宿地主盧金水的關係，但盧金水也很快遭到拘提，以教唆縱火罪被起訴。

所有的改變並非在一夕之間產生。在事態明朗前，湘湘已經在琥珀家住了好幾週，才終於盼來這樣的成果。

十五、分頭追擊

不過，地下水與工廠堆放大量桶子的案件，政府一直遲遲沒有解釋，也讓阿健決定案件結束前，暫時不讓孩子回到原本的住家，以免增添風險。

朝夕相處，讓湘湘對於琥珀的依賴也變得更重，她打從心底信任開朗的琥珀，也發現琥珀只要一聽到自家爸爸的事情，就會變得滿面風采。

而因為阿健的餐車生意暫停了，琥珀並不能像以前一樣都能每天見到阿健，但她仍能帶著湘湘和阿健、藝寶吃飯聊天，阿健也會轉交湘湘的生活費給她，雖然多了個女孩同住，但琥珀並不覺得麻煩。

只是，這幾天琥珀發現，湘湘與阿健經常背著她通電話。

「絕對不能讓琥珀阿姨知道，我會注意的。」湘湘防備地說完電話後，立刻又恢復往常的互動，和琥珀有說有笑，種種一切，讓琥珀感到不解。

「是不是不希望再住我家了呢？如果真的是這樣，也可以直接對我說呀。」琥珀溫柔地旁敲側擊，湘湘也總是面帶愧疚地解釋。

「真的很抱歉帶給琥珀阿姨困擾，但事情不是像妳想像的那樣……我非常感謝琥珀阿姨，我們一家也覺得不能沒有妳，但又因為把妳拖下水、長時間讓妳幫忙，真的很抱歉……」湘湘說得眼眶含淚，讓琥珀感到很困惑。

「你們是不需要這麼見外啦……」

總不能直接逼問湘湘她在隱瞞什麼，琥珀很高興自己能幫上忙，只是不懂湘湘既然信任她，為什麼不能直接把內心的話都說出來。

直到週五那一天……

週五的晚間新聞正在播放，湘湘到小灰家探望貓兒三平與仙草蜜。自從暫時搬家後，湘湘有心理準備小斑大概回不來了，因此將哀傷與擔憂都轉移到金星與兩隻貓兒身上，金星前陣子已經被接回二伯家，而湘湘掛念貓兒，幾乎天天都來小灰家看貓。

正值暑假，小灰家總是用高檔的循環扇吹送徐徐涼風，新家的客廳也打理得井井有條，書架還空出了許多格位，讓貓可以跳上跳下玩耍。

「金星有爸爸和弟弟顧著，而三平和仙草蜜一定覺得自己被遺棄了吧？忽然換了環境，對動物身心都會造成壓力……」

好在小灰的媽媽很愛貓咪，在便秘了幾天之後，三平與仙草蜜終於習慣了小灰家的貓砂盆位置，也願意離窩吃飯，一天天卸下心防。

十五、分頭追擊

「我媽媽說，還真捨不得三平和仙草蜜離開。」一天，小灰苦笑著說完，湘湘心中似乎有某個角落，也因此鬆動了……

「三平和仙草蜜還是在你們這裡生活比較好。」湘湘堅定地笑著說完這句話時，自己也不敢相信。

被養得白白胖胖、每天吃中高等級的貓食、還住在冬暖夏涼的安心環境，小灰媽又是家庭主婦，天天都長時間在家裡，貓兒也比較有伴……種種疑慮不攻自破，湘湘想不出自己還有什麼擔心的理由。

就這樣，習慣成了共識，三平與仙草蜜也早就在這幾週內與小灰一家相處愉快。

雖然不捨，但湘湘知道這才是正確的決定。

「隨時都歡迎來我們家看貓。」小灰媽溫柔體貼的一句話，也讓湘湘到訪時，不再像以往那樣拘束又有壓力。

這天，湘湘與小灰如往常，抱著貓兒在客廳看晚間新聞。

「『拖延多時的奏佳鄉地下水污染案，環保局經過多日追查，證實旭昊和順隆這兩間工廠為盧金水的家族企業，在過去一年多設廠後就經常偷偷排放廢水，嚴重影響附近果園的生態。經過一位蓮霧果農舉證後，議員林盈右發現，地

下水檢驗結果走漏，工廠就改停止排放廢水，而是將廢料儲存在桶中，隱藏於盧家的民宿工地裡，相關者已經到案說明，即日起移送法辦。對此結果，林議員表示非常欣慰。』」

「呃……沒想到議員把功勞都往自己身上攬了。」小灰猛搖頭。

「沒辦法，議員和媒體都很愛邀功，但的確要感謝他們的幫忙，否則這事永遠無法結案啊。」湘湘說著說著，心情五味雜陳。雖然開心案情水落石出，卻也感到很捨不得。

「事情解決了，我也不能跟琥珀阿姨一起住了。雖然她給我一種姊姊的感覺，跟我過世的媽媽不同，但有女生一起住，真的很好。我會很懷念這種感覺的。」湘湘露出寂寞的苦笑。

每天在琥珀的床上醒來，晚上睡前又能談談女孩心事，那種溫柔細緻的幸福感，湘湘是第一次在媽媽以外的女生身上感受到。

「如果琥珀阿姨也喜歡你爸爸，也可以交往看看啊。」小灰怕冒犯湘湘，低聲地建議道，沒想到，湘湘卻露出了一個心領神會的深刻笑容……

忽然間，湘湘的手機響了。

「姊，快點！馬上來爸爸以前市區餐車擺攤的位置！」藝寶緊急地喊道。

十五、分頭追擊

小灰看到湘湘臉色大變的模樣，連忙用腳踏車載她出門。

趕過一個又一個的路口，遠遠只見到一群手拿牌子的人潮，還有大批陣仗的媒體……

「怎麼了?發生什麼事……借過！」湘湘在推擠中努力找尋熟悉的身影。

「是的，今天是阿健披薩餐車復工的第一天，我們可以看見這裡人潮洶湧，許多長期關注蓮霧園消息的空拍機粉絲們，都知道這個用空拍機揭發惡行的紅人阿健……」一位棕髮女記者語氣急促地對攝影機介紹道。

「天啊，我爸怎麼了嗎！」湘湘還緊張著。放眼望去，只勉強看到餐車車頂，一張熟面孔都沒有……

「許多喜歡空拍日記的網友，聽聞了阿健的狀況，決定以行動支持他復工，而阿健的手工披薩也即將被搶購一空……」小灰仔細聽著女記者的報導內容，連忙要湘湘冷靜。

兩人穿越人潮時，只看見藝寶與阿健在餐車後方，忙得焦頭爛額……

「姊，妳怎麼這麼慢！快來幫忙結帳啊！」藝寶吼道。

湘湘這才轉憂為喜。

「什麼啊……電話也不講清楚！我還以為爸爸怎麼了……」湘湘蹙起眉，

衝到餐車後方，穿上藝寶遞來的圍裙。

「生意忽然變這麼好……今天披薩一定不夠賣了。」阿健受寵若驚地繼續切盤、裝袋，大批記者同時朝他包圍而來……

「沒事吧？」一旁的琥珀也因為鄰近攤位的關係，生意忙得不可開交，額間透出汗水。

「請問是阿健嗎？」忽然，人群間傳來一個低沉卻熱情的嗓音。「我剛剛看到電視新聞，才終於知道上哪裡找你……請問，你是不是有走失一隻斑鳩？」

「什麼！」阿健驚訝得抬起頭來，正對上那張溫和的中年婦女臉孔……

「對！我有走失斑鳩！」

孩子們連忙湊了過去，只見這位婦人手中提著一個簡陋的木籠，裡頭裝的正是眾人朝思暮想的小斑……

「這隻斑鳩從一個月前就在我家後院了，不過牠一直不吃不喝，我帶牠去看獸醫，才知道是因為氣管嗆傷，醫好牠之後本來想放走，又無意間看到你上新聞，說蓮霧園被燒的那晚、斑鳩也失蹤了……只是我一直不知道你的聯絡資訊，今天看到新聞，才知道你有在這裡擺攤……」

「謝謝！真的太謝謝妳了！」阿健激動得喜極而泣，激動地握住婦人的手。

十五、分頭追擊

籠中的小斑雖然因為人潮過多、籠身劇烈搖晃而顯得戰戰兢兢，卻在阿健伸過手時高昂地叫了兩聲。

「啾啾！」

「小斑！沒事了，你可以跟我們回家了！」藝寶與湘湘也放下手邊的結帳動作，興奮地圍在小斑籠旁。

阿健轉身繼續向婦人道謝，想拿出兩盒披薩送她，婦人卻搖著手婉拒。

「抱歉，我們家吃素，你把披薩拿給其他期待很久的客人比較好。」婦人呵呵一笑，此時記者也被這陣騷動吸引過來。

「請問阿健爸爸，有什麼想對大家說的嗎？」

阿健將小斑放到自己肩膀上，狼狽地理了理頭髮，望向鏡頭。

「很謝謝社會大眾對我們的關注，希望大家也能繼續舉發身邊不公不義的事，然後我……」他與一旁的湘湘交換了一個眼神。

「我……想好好感謝身旁一個始終很幫助我們的朋友，那就是隔壁攤的老闆娘琥珀……」

「什麼？」聽到自己的名字被提及，琥珀停止了手邊的動作。

「琥珀一直是我生命中很重要的人，我阿健不會說什麼好聽話……但在孩

子的鼓勵下，我一直想著要不要跟她告白，表明心底的感謝與欣賞……但我真的很不會說話。」阿健注意到琥珀在鏡頭外的慌張神情，也紅了耳根。「琥珀，真的很謝謝妳，這陣子也苦了妳，陪著我們一家辛苦……我很喜歡妳，如果不嫌棄的話，希望之後有機會大家繼續一起出去走走……」

旁邊圍觀的網友爆出一陣祝福的掌聲，琥珀則害羞地轉頭就走，深怕鏡頭照到自己。

「唉，我可能又說錯話了，我先回去結帳，請後面的網友們先等等。」阿健木訥地擺手，心想自己大概又造成了琥珀的困擾。

但鑽回餐車後方時，阿健望見了同樣蹲在車後的琥珀。雖一面躲著媒體，但看得出，琥珀臉上有著掩不住的幸福笑意。

意識到阿健的注視時，琥珀先是驚訝地轉過了頭……

她嬌羞地笑著，比出了一個ＯＫ手勢。

阿健露出了驚喜憨厚的傻笑，肩上的小斑也抖了抖翅膀。

「提前打烊！披薩與冷飲買一送一！」琥珀鼓足了氣勢站起，對著群眾們喊道。

「買一送一！」阿健也跟著喊道，加快了手邊的動作。

記者依舊忙著結束報導，攝影師的照明燈閃向網友，藝寶低頭忙著算錢，只有湘湘注意到這充滿默契的一刻。

「趕快賣完，趕快跟琥珀阿姨約會去吧。」她憋著笑容對阿健說：「這次，我們不當拖油瓶了。」

雖然心底仍有些酸酸的，但湘湘相信，天上的媽媽一定知道爸爸溫吞的個性，每晚背著琥珀阿姨討論許久都還是無法鼓起勇氣告白，才終於安排了今晚的這個驚喜……

即使生活中波瀾萬丈，天堂的媽媽一直都眷顧著他們。

想到這裡，湘湘胸前湧出一陣暖意。

「謝謝光臨！我們要提早打烊了！」她充滿朝氣地替客人們找零，遞出了一個個披薩紙袋。

培育文化

勵志學堂 57

飛行中途日記

作者　夏嵐
責任編輯　林美玲
美術編輯　姚恩涵
封面/插畫設計師　EMO

出版者　培育文化事業有限公司
信箱　yungjiuh@ms45.hinet.net
地址　新北市汐止區大同路3段194號9樓之1
電話　（02）8647-3663
傳真　（02）8674-3660
劃撥帳號　18669219
CVS代理　美璟文化有限公司
TEL／(02)27239968
FAX／(02)27239668

總經銷：永續圖書有限公司
永續圖書線上購物網
www.foreverbooks.com.tw

法律顧問　方圓法律事務所　涂成樞律師
出版日期　2016年1月

國家圖書館出版品預行編目資料

飛行中途日記 / 夏嵐著. -- 初版.
-- 新北市 : 培育文化, 民105.01
面 ;　公分. -- (勵志學堂 ; 57)
ISBN 978-986-5862-72-5(平裝)
859.6　　104024571

※為保障您的權益，每一項資料請務必確實填寫，謝謝！

姓名		性別	□男　□女
生日	年　月　日	年齡	
住宅地址	郵遞區號□□□		
行動電話		E-mail	

學歷

□國小　□國中　□高中、高職　□專科、大學以上　□其他______

職業

□學生　□軍　□公　□教　□工　□商　□金融業

□資訊業　□服務業　□傳播業　□出版業　□自由業　□其他______

謝謝您購買 **飛行中途日記** 與我們一起分享讀完本書後的心得。務必留下您的基本資料及電子信箱，使用我們準備的免郵回函寄回，我們每月將抽出一百名回函讀者，寄出精美禮物以及享有生日當月購書優惠！想知道更多更即時的消息，歡迎加入"永續圖書粉絲團"

您也可以使用以下傳真電話或是掃描圖檔寄回本公司電子信箱，謝謝！

傳真電話：（02）8647-3660　電子信箱：yungjiuh@ms45.hinet.net

●請針對下列各項目為本書打分數，由高至低5～1分。

項目	5 4 3 2 1	項目	5 4 3 2 1
1. 內容題材	□□□□□	2. 編排設計	□□□□□
3. 封面設計	□□□□□	4. 文字品質	□□□□□
5. 圖片品質	□□□□□	6. 裝訂印刷	□□□□□

●您購買此書的地點及店名______

●您為何會購買本書？

□被文案吸引　□喜歡封面設計　□親友推薦　□喜歡作者

□網站介紹　□其他______

●您認為什麼因素會影響您購買書籍的慾望？

□價格，並且合理定價是______　□內容文字有足夠吸引力

□作者的知名度　□是否為暢銷書籍　□封面設計、插、漫畫

●請寫下您對編輯部的期望及建議：

★請沿此線剪下傳真、掃描或寄回，謝謝您寶貴的建議！

2 2 1 - 0 3

新北市汐止區大同路三段194號9樓之1

傳真電話：（02）8647-3660
E-mail：yungjiuh@ms45.hinet.net

廣　告　回　信
基隆郵局登記證
基隆廣字第200132號

培育

文化事業有限公司

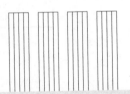

讀者專用回函

飛行中途日記

培養文化育智心靈的好選擇